KB168770

누추한 내방

허균 산문선

허 균 지음
김풍기 옮김

태학사

태학산문선
기획위원 : 정 민 · 안대회

태학산문선 109 누추한 내방— 허균 산문선

초판 제1쇄 발행 2003년 10월 6일 초판 제5쇄 발행 2012년 1월 10일
지은이 허 균 **옮긴이** 김풍기
펴낸이 지현구 **펴낸곳** 태학사 **등록** 제406-2006-00008호
주소 경기도 파주시 교하읍 문발리 파주출판도시 498-8
전화 마케팅부 (031) 955-7580~2 편집부 (031) 955-7584~90 **전송** (031) 955-0910
홈페이지 www.thaehaksa.com **전자우편** thaehak4@chol.com

ⓒ 김풍기, 2001

값은 뒤표지에 있습니다.

ISBN 978-89-7626-868-6 04810   ISBN 987-89-7626-530-2 (세트)

傳 李澄 煙寺暮鐘圖 부분. 國立中央搏物館藏(부분)

태학산문선을 발간하며

현대의 인간은 물질의 풍요 속에서 오히려 극심한 정신의 황폐를 느낀다. 새 천년의 시작을 말하고는 있지만 미래에 대한 전망은 여전히 불투명하다. 심심찮게 들리는 인문정신의 위기론에서도 우리는 좌표 잃은 시대의 불안한 징표를 읽는다. 모든 것이 불확실하고 혼란스러운 현실이다. 지향해야 할 정신의 주소를 찾는 일이 그리 쉬워 보이지 않는다. 밀려드는 외국의 담론이 대안이 될 것 같지도 않다. 그렇다고 그것을 대신할 우리 것을 찾아보기란 더욱 쉽지가 않다.

옛 사람들은 무슨 생각을 하며 살았을까? 그때 그들이 했던 고민은 지금 우리와 무관한 것일까? 혹 그들의 글쓰기에서 지금 우리의 문제에 접근하는 실마리를 열 수는 없을까? 좁은 시야에 갇히지 않고, 총체적 삶의 자세를 견지했던 옛 작가들의 글에는 타성에 젖고 지적 편식에 길들여진 우리의 일상을 따끔하게 일깨우는 청정한 울림이 있다. '태학산문선'은 그 맑은 울림에 귀를 기울이고자 한다.

세상은 변해도 삶의 본질은 조금도 변한 것이 없다. 그들이 일상에서 길어올린 삶의 의미들은 지금 우리에게도 여전히 뜻깊게 읽힌다. 몇 백 년 또는 몇 십 년 전 옛 사람의 글인데도 낯설지 않고 생경하지 않다. 이런 글들이 단지 한문이나 외국말, 또는 지금과는 다른 문체로 쓰여졌다는 이유 때문에 일반 독자들과 만날 수 없는 것은 참으로 안타까운 일이다. 좋은 글에는 향기가 있다. 좋은 글에는 글쓴이의 체취가 있다. 그 시대의 풍경이 배경에서 떠오른다. 글은 시간과 공간의 제약을 뛰어넘는다.

1930년대 중국에서는 임어당 등의 작가들이 명청明淸 시기 소품산문의 가치를 재발견하여 소품문학 운동을 전개한 바 있다. 낡은 옛것이 이러한 과정을 거쳐 다시 의미를 얻고 생생한 빛을 발하게 되었다. 이제 본 산문선은 까맣게 존재조차 잊혀졌던 옛 선인들의 글 위에 켜켜이 앉은 먼지를 털어내어 새롭게 선뵈려 한다. 진정한 의미의 '옛날'이란 언제나 살아 있는 '지금'일 뿐이다. 옛글과의 만남이 우리의 나태해진 정신과 무뎌진 감수성을 일깨우는 가슴 설레는 만남의 자리가 되었으면 한다.

정　민·안대회

차 례

• 일러두기

1. 이 책은 『허균전집(許筠全集)』(영인본: 성균관대학교출판부, 1981)을 저본으로
   하였다.
2. 번역은 직역을 위주로 하되, 독자들의 이해를 돕기 위하여 의역을 하거나 간
   단한 역주를 붙이기도 하였다.
3. 원문에서 명확한 오자(誤字)라고 판단되는 것은 그에 알맞은 글자로 바꾸어
   번역하였으며, 이에 대해서는 원문의 각주에 밝혔다.
4. 각 편의 제목은 새롭게 붙인 것이고, 본래의 제목은 원문에서 밝혀 놓았다.

일상日常의 심미적 표현과
새로운 사유의 발견

1. 허균의 글을 다시 읽기 위하여

 우리에게 '허균'이라는 인물은 아마도 혁명가의 모습으로
가장 널리 알려졌을 것이다. 그가 지었다고 전하는 『홍길
동전』은 최초의 한글소설로 통칭되고 있으며, 그의 사상
역시 소설에서 말하는 혁명적 의도와 분명히 연결되어 있
으리라 추정하고 있다. 서얼로서의 울분을 토하는 홍길동
의 묘사에서 우리는 허균이 서얼들과 친하게 교유하면서
시대의 변혁을 꿈꾸었다고 상상한다든지, 부패한 권력(종교
적 권력으로서의 해인사나 국가권력으로서의 함경감영)을 직접

나서서 징치懲治하여 힘없는 민중들의 열화와 같은 성원을 받았으리라고 생각하는 것이 허균에 대한 우리의 일반적 인식이다.

어떤 인물의 전모를 거론하면서 그의 생애 속에는 인간의 모든 것들이 다 들어있다고 말하는 것은 더 큰 문제를 일으킨다. 다양한 주름으로 가득한 삶의 곡절 속에서도 그 나름의 기준이 있는 것이고, 많은 굴곡 중에서 상당 부분은 그 기준에 의해 적절한 해석이 가능하다. 각각의 곡절은 시절 인연에 따라 전혀 다른 의미로 읽히거나 작동하기 마련이고, 사람들은 바로 그 곡절을 주목한다. 한 인물의 생애에서 짧은 순간에 해당하는 부분이라 해도 그것을 주목할 수도 있는 이유는, 그 순간의 사건이 그의 삶에서 가장 빛나는 사유의 절정을, 혹은 세계의 변혁을 가져오는 결정적 계기로 작용했을 가능성이 있기 때문이다.

그러나 우리는 그 순간이 정확히 어떤 지점인지 알지 못한다. 누구는 그 인물의 삶에서 사랑과 증오를 읽고, 어떤 사람은 떠돌이 인생을 읽으며, 또 다른 사람은 끝없는 절망 저편의 새로운 희망을 읽기도 한다. 문제는 이전의 연구자들이 이미 결정해 놓은 선을 따라 나도 모르게 걷는다는 사실이다. 역사적으로 이름난 사람일수록 이전의 연구자들이 마련해 둔 큰길을 따라 걷기 십상이다. 그 길이 이전과는 다른 새로운 영토를 개척하기 위한 길이었다 해도, 그 길밖에 다른 길은 없었는가를 다시 물어야 한다. 그것이 우리만의 길을 새롭게 만들어가는 가장 중요한 방법이기 때문이다.

2. 책벌레 허균

허균(1569~1618)만큼 다채로운 색깔을 보여주는 작가도 드물다. 시대를 앞서간 그의 면모는, 역모죄로 몰려 사형을 당한 생애만큼이나 강렬한 빛을 던져주었다. 최초의 한글소설 『홍길동전』의 작자(라는 점에 대해서는 매우 의문스러운 면이 있지만, 여기서의 논의거리로 삼기에 적절치 못하므로 잠시 접어두기로 하자)로서, 사회적 약자에 대한 애정을 표출하는 사회개혁가로서, 뛰어난 시인으로서, 훌륭한 시 비평가로서 허균의 면모는 끝모를 주름 사이에 굽이굽이 숨어 있다.

일상日常의 심미적 표현과 새로운 사유의 발견

그러나 이것만이 허균의 전모겠는가. 소설이라면 『홍길동전』 외에도 『남궁선생전』과 같은 걸작을 남겼으며, 사회 개혁을 위해 목소리를 높이고 행동으로 실천하던 그의 생애가 북인 정권의 영토 안으로 들어가 마지막 삶을 장식하기도 하였으며, 뛰어난 시재詩才와 암기력은 주변 인물들의 문집을 조작하지 않았는가 하는 의심의 눈길을 받게 하는 요인이 되게 했다. 그렇게 치면 세상에 성한 사람이 그 누가 있겠느냐고 반문하겠지만, 오히려 그러한 의문의 눈길이 다방면에 걸쳐 일어난다는 사실 자체가 허균의 광대한 관심사를 반영하는 것이기도 하다.

허균 관련 자료를 읽다보면 그의 독서 편력은 놀라울 정도다. 게다가 그의 암기력은 아마 우리 역사상 꼽아주는 것이 아닌가 싶다. 허균의 암기력 덕분에 지금도 우리가 접하는 문집이 여럿이다. 얼추 생각나는 것만 꼽아도 허균의 둘째 형인 허봉許篈(1551~1588)의 문집, 시 스승 이달李達(1539~1612)의 『손곡집蓀谷集』, 누이 허초희許楚姬(1563~1589)의 『난설헌집蘭雪軒集』 등이 있다. 이 때문에 난설헌의 문집에 실린 시 작품 중 일부는 정말 허난설헌의 것인가 의심의 눈초리를 받는 계기가 되기도 했지만, 어쨌든 그의 암기력은 타의 추종을 불허한다.

이런 암기력을 바탕으로 무수한 책을 읽었으니, 그의 관심사가 한 분야로 좁혀지는 일이 오히려 이상할 지경이다. 근대 이전, 집안에 소장된 도서가 많다는 것은 그 자체로 대단한 재산이며 권력이었다. 책이 귀한 시절, 남의 책을 빌려서 밤새 베낀 다음 돌려주는 일은 가난한 선비 집안에서는 흔한 풍경이다. 책 한 권을 마련하면 대대로 물려가며 읽었고, 조상의 손때를 자손들이 느끼면서 독서에 몰두했다.

허균은 친가와 외가 모두에서 물려받은 엄청난 책을 가지고 있었을 뿐만 아니라 독서 중에 좋은 구절을 만나면 즉시 메모해 두고, 후일 그것을 내용별로 분류하여 책을 엮기까지 한다. 『한정록閑情錄』이 그 예이다. 이 책에 인용된 책만 하더라도 양명좌파의 거두 이지李贄(1527~1602)의 『분서焚書』를 비롯하여 공안파公安派의 핵심인물 원굉도袁宏道(1568~1610)의 글, 명나라 전후칠자前後七子, 방효유方孝孺(1357~1402) 등에 이르기까지 무려 96종을 상회한다. 읽은 범위만으로도 놀라운데 메모하고 분류하고 기록하고, 자신의 다른 글에서 적재적소에 인용하거나 독후감을 쓰는

일상日常의 심미적 표현과 새로운 사유의 발견

등 엄청난 필력으로 이들을 이용하고 있는 것이다. 공간의 극복이 지금보다 훨씬 어려웠을 시절에 이토록 많은 양의 책을 보유하고 읽는다는 것은 독서광으로서의 면모를 여실히 드러내는 것이다.

3. 험난하여라, 허균의 생애여

암기력 좋고 책 많이 읽는 것만 가지고 얘기하자면 우리 역사상 어찌 허균만이 최고이겠는가. 허균의 다층적인 사유의 이면에는 그의 험난한 인생 경험이 숨어 있다. 좋은 가문에서 태어나 무엇 하나 부족한 것 없이 자랐을 법한 허균에게 큰 어려움이 없었으리라고 생각하지만, 참으로 곡절 많은 인생길이었다.

그의 삶에서 가장 비극적인 시기는 20대 전반이었을 것이다. 이 시기를 일별하기만 해도 내면의 상처를 능히 짐작할 만하다.

불행하게도 그는 20세(1588)에 그가 존경하고 사랑해 마지 않던 둘째 형 허봉의 죽음을 맞이하며, 이듬해(1589)에 누이 허난설헌의 죽음을 맞이한다. 한 해를 걸러 가장 사랑하는 이들의 죽음을 목격한 것이다. 그들의 이른 죽음에 대한 안타까움은 허균의 글 곳곳에 남아있다. 허균은 24세(1592) 때 임진왜란을 만난다. 강릉을 향한 피난길에서, 그는 사랑하는 아내와 첫아들을 잃는다. 이 사건은 허균의 생애에 깊은 그림자를 드리우며 그의 글 곳곳에 남아 있다.

관직 생활도 순탄치만은 않았다. 1599년 5월 황해도사黃海都事가 되었지만 12월에 파직되었고, 1605년 수안군수로 발령을 받았으나 불교를 믿었다는 혐의로 파직되었으며, 1607년 3월 삼척부사에 임명되었으나 5월에 파직되었고, 1610년 11월 전시殿試의 대독관對讀官이 되었지만 자신의 조카를 합격시켰다는 혐의를 받아 탄핵을 받고 12월에 유배를 간다. 그의 험난한 생애는 1616년 시작된 역모죄 시비가 발단이 되어 1618년 저자거리에서 처형을 당하는 것으로 마감을 한다. 지금 우리가 보는 허균의 문집『성소부부고』는 함열에 귀양가 있을 당시 직접 편집해 두었던 것인데, 사형 당하기 전에 사위의 집으로 보내는 바람에 겨우 살아남았다고 한다. 게다가 다른 역적과는 달리 조선이 망할 때까지도 '해금'되지 못하는 바람에 문집이 공간 될 수 있는 기회마저도 없었다.

어떤가. 사람마다 무수한 곡절을 겪지만, 허균의 경우 그 곡절의 갈피마다 시문이 숨어 있다고 생각하면 그의 글이 다시 보인다. 조선의 성리학이 인성론의 문제를 넘어 예론禮論의 시대로 넘어가던 시점에서, 중세적 이성의 무차별적인 확대는 허균에게 강한 구속으로 다가오지 않았을까. 성인이 만든 예법禮法보다는 하늘이 인간에게 부여한 정情을 따르겠노라는 그의 선언은 이런 맥락에서 이해해야 할 것이다. 그런 고뇌를 온몸으로 맞아 헤쳐나간 그의 삶은 그 자체가 이미 하나의 거대한 텍스트이다.

4. 생활의 발견과 짧은 편지의 미학

새로운 사유는 새로운 글쓰기를 동반한다. 이전의 문인들과 일정한 차별성을 가지는 글쓰기가 그의 문집 곳곳에 산견된다. 예를 들면, 우리가 지금 소설사에서 다루는 '전傳' 작품들도 그렇고, 책을 읽고 난 후 독후감의 형태로 쓴 '독讀'이라는 갈래(허균은 자신의 문집에서 이것을 하나의 갈래처럼 독립시켜 편집하고 있다) 등이 그러하다. 그러나 역시 허균의 글쓰기에서 주목해야 할 것은 '척독尺牘'일 것이다.

'척독'은 말 그대로 짧은 편지를 지칭한다. 문집의 편제에서는 '서書'와 비슷한 성격으로 여겨지기도 하지만, 명나라 이후 소품문의 발흥과 함께 일정한 차별성을 지닌 것으로 취급되었다. 우리 나라 문집에서 서書와 척독尺牘의 차별성을 분명히 인식하고 반영한 것은 허균이 첫 사례가 아닌가 싶다. 특히 그의 문집 『성소부부고』는 직접 편집한 것이기 때문에, '서'와 '척독'을 분리시켜 편찬한 사실에 주목할 필요가 있다.

편지의 편차를 제대로 갖추면서 비교적 길게 쓰는 편지를 '서'라고 한다면, 의례적인 인사나 복잡한 내용과는 별도로 간단한 연락이나 감회를 적은 짧은 편지는 '척독'이라고 할 수 있다. 길이의 장단長短에 따라 '서'와 '척독'이 구별되기는 하지만, 그 길이를 어느 정도에서 결정할 것인가 하는 문제는 모호하다. 명대明代에 오면 소품문을 쓰는 사람들이 척독을 선호하게 되고, 이들은 과거의 짧은 편지에서 새로운 글쓰기의 전통을 발견하게 되었다. 어느 시대

일상日常의 심미적 표현과 새로운 사유의 발견

에나 짧은 편지는 있었지만, 그것에 미학적 혹은 문학적 의미를 본격적으로 부여하게 된 것은 명대의 문인들에 의해서라고 할 수 있다. 엄청난 책벌레 허균의 경우, 중국 문단의 변화에 민감한 촉수를 들이밀고 있었던 탓에 그러한 경향을 재빨리 파악하고 자신의 문학적 영역으로 적극 끌어들여 자양분을 흡수한 것이다.

척독의 매력은 역시 생활을 예술의 영역으로 전화轉化시킨다는 점에 있다. 짧은 글로 간단한 연락이나 메모를 전하던 일상적인 글은 척독의 새로운 발견과 함께 미학적 차원으로 그 위상을 달리한다. 심지어 짧은 한시 한 편보다 적은 글자 속에 생활 속에서 느끼는 감흥을 아름답고 함축적으로 그려내는 솜씨는 척독만이 가지는 매력이라고 해도 과언이 아니다. 허균 자신 이러한 척독의 매력에 이끌려 명나라 문인들의 척독을 모은 책 『명척독明尺牘』을 편집하기도 했다.

16세기 말에서 17세기 전반은 우리 나라 고문古文이 본격적으로 흥성하게 되는 시기로 알려져 있다. 문인들은 저마다 자신의 글이야말로 고문의 전형이라고 여기면서 글쓰기의 모범을 제시하고자 하였다. 윤근수尹根壽(1537~1616),

유몽인柳夢寅(1559~1623) 등을 비롯하여 한문사대가漢文四大家로 통칭되는 이정귀李廷龜(1564~1635), 신흠申欽(1566~1628), 장유張維(1587~1638), 이식李植(1584~1635)이 모두 이 시기의 고문가들이다. 허균의 글쓰기 역시 새로운 글쓰기를 모색하면서 고민하던 당대의 문단 분위기와 밀접하게 관련된다.

허균은 문단의 이러한 문풍을 앞서 나가면서 척독의 예술성을 한껏 보인다. 일상 생활에서의 언어 표현(속담이나 농담 등)을 적재적소에 인용하면서 분위기를 반전시킨다든지, 함축성 깊은 문장으로 의미를 다층적 차원으로 전환시킨다든지, 일순간 일어나는 감흥을 절묘하게 포착하여 아름다운 언어로 그려내는 등의 수법은 허균의 척독 쓰기가 상당한 수준에 이르렀음을 단적으로 보여주는 예다. 이같은 면모는 혁명가로서의 허균을 주목하는 논의의 배치 속에서는 쉽게 포착되지 않는 부면이다. 허균을 다시 살피면서 우리는 선학들의 업적을 이으면서도 그들의 배치 속에서는 끊임없이 미끄러지는 허균의 면모를 새롭게 이해하는 방법을 찾아야 할 것이다.

일상日常의 심미적 표현과 새로운 사유의 발견

5. 도선적道仙的 글쓰기의 의미

조금만 시선을 돌려보면 사회의 구석진 곳이 눈에 들어온다. 그러나 정작 내가 누리는 기득권이 무엇인지 알아차리고, 그것을 넘어서 다른 사람들과 이익을 함께 하는 길을 찾는 일은 참으로 어렵다. 공부길이 실천으로 이어지는 것은 당연한 이치지만, 당연한 만큼 잇기도 힘들다.

우리가 허균에게서 강렬한 사회 개혁의 이미지를 포착하는 것은 그의 몇몇 논설들, 예컨대「호민론豪民論」,「소인론小人論」,「유재론遺才論」등의 글이 주는 힘 때문이다. 그동안 선학들에 의해 특히 주목되어 온 사회 개혁가(혹은 혁명가)로서의 이미지는, 그 과도한 해석을 감안하더라도 충분히 강조되어야 마땅하다. 사실 16세기 말, 17세기 전반에 이처럼 과감한 글을 쓴 사람이 얼마나 되는지 꼽아보면 허균의 가치는 아무리 강조해도 지나치지 않는다.

젊은 시절의 비극적인 역사 경험과 개인사적 사건들이 허균의 세계관을 이러한 방향으로 가게 했을지라도, 그 글들에서 느끼는 강렬도와 깊이는 삶의 고비마다 마주치는 부당한 사례들에 눈길을 회피하지 않고 면밀한 관찰과 사유를 펼쳐온 결과에서 오는 것이다.

이와 함께 그의 글에서 주목되어야 할 것은 도선적道仙的 경향이다. 자유로운 상상력과 방달함으로 조선의 선비들에게는 이단처럼 여겨졌던 도선적인 소재와 내용을 글에서 적극적으로 다루었다면, 허균의 사유가 일단은 당대 주류적인 것에서는 벗어나고 있음을 충분히 감지할 수 있다. 현실의 어려움을 경험하고 그것을 넘어서는 방식에는 여러 가지가 있을 것이다. 새로운 영토를 개척하기 위해 혁명의 길로 나서든, 이미 짜여진 틀 속으로 들어가서 자신의 기득권을 강화하든, 그것은 세상을 건너는 자신만의 방식일 것이다. 허균은 그 방식으로 도선적인 것을 선택하였다. 그의 글에서 유난히 이런 문제가 자주 언급되는 것은 이 때문이다.

도선적인 경향이 현실도피적인 부면을 가진다는 것은 부인할 수 없다. 그러나 개인의 삶과 사유를 깊은 차원에서부터 억압하는 이데올로기에 이의를 제기하고, 나아가 그 광활한 대지에 미세한 균열을 일으키는 것 역시 도선적인 사유였다는 것 또한 부인할 수 없다. 전혀 새로운 상상력은 억압 저편에 새로운 희망을 던지고, 그 희망의 빛은 일종의 '혁명적 낭만성'으로 발현한 것이다.

혁명가는 현실을 완전히 뒤바꾸고 전혀 새로운 세계를 꿈꾼다는 점에서 낭만적이다. 그가 꿈꾸는 세계는 일종의 이상사회일 수 있다. 그런 점에서 지금의 절망적이고 암흑 가득한 세계를 넘어서 새로운 세계를 꿈꾸는 것을 범박하게 '혁명적 낭만성'이라고 할 수 있겠는데, 허균의 경우가 거기에 해당한다고 생각된다. 그러한 낭만성은 실제 행동으로 나아가기도 하고 생각의 차원에서 끝나기도 하는데, 허균은 후자에 가까운 인물로 보인다.

도선적인 것을 통해 사회의 견고한 지층을 흔드는 허균의 사유는 이후 이같은 계열의 전개에 본격적인 출발을 알린다. 한 생애가 꿈처럼 지나갔지만, 그것이 현실 속에서 구체적으로 드러나지는 않았지만, 그의 꿈은 현실로 부상되기 위해 많은 사람들의 근원적인 힘으로 작동하게 된 것이다.

6. 새로운 영토를 찾아가는 허균의 글쓰기

무엇이 허균의 사유를 형성하고 있는 줄기인가를 찾다 보면 뜻밖에 새로운 점을 발견하게 된다. 줄기인가 해서 살피다 보면 어느 새 다른 줄기로 이동해 있는 자신의 시선을 알아챈다. 줄기 없는 줄기, 뿌리이면서 뿌리 아닌 것, 그것은 하나의 리좀이다. 어디에도 중심 줄기가 없다는 것은 어느 곳이든 중심 줄기일 수 있다는 강렬한 역설을 포함한다.

멈추지 않는 삶처럼, 언어 역시 멈추지 않는다. 인간의 삶 자체가 어쩌면 언어로 직조되어 있기 때문일지도 모르겠다. 사유와 삶의 자유로움과 새로움을 추구하는 사람이 언어-사용에 대하여 부단하게 탐구하는 것은 당연한 일이다. 글쓰기의 괴로움을 토로하는 사람들은 걸핏하면 적절한 표현을 찾는 일이 얼마나 고되고 힘든 일인가를 강조하곤 하는데, 이 역시 새로운 언어-사용에 대한 탐구의 한 표현이다. 그 이면에는 새로운 맥락에서의 새로운 내용이 함께 전제되어 있다.

허균의 글을 읽을 때면 언제나 변화무쌍하면서도 신선

한 그의 사유를 날 것으로 맛볼 수 있어서 좋다. 피를 토하는 혁명가의 모습이 들어있는가 하면 어느새 다정다감한 남편의 웃음이 흐르기도 하며, 샌님의 말투가 배어 있는가 하면 벗을 불러 술을 마시는 풍류재자의 몸짓이 보이기도 한다.

눈을 부릅뜨고 현실의 부당함을 논박하는 허균부터, 다정다감한 목소리로 혹은 촉촉이 젖은 눈빛으로 벗들에게 술 한잔하자며 부르는 허균에 이르기까지, 그의 목소리와 색깔은 끝간데를 모른다. 어디가 허균이고 어디가 허균이 아닌가.

허균의 글쓰기는 무수히 얽혀 있는 잔뿌리들의 집합이다. 자신의 생존을 위해 자양분이 있는 곳이라면 어디로든 잔뿌리를 뻗치는 것이다. 한곳에 정체되어 있는 것이 아니라 변화의 기회를 노리는 글, 언제나 촉수를 움직여 새로운 영토를 탐색하는 글, 이것이 바로 허균의 글쓰기 전략이다.

과거의 논의에 갇혀서 우리는 허균을 편견 가득한 시선으로 바라본 것은 아닌지 되돌아보아야 한다. 그의 글을 꼼꼼히 읽고 그의 다층적인 사유와 우리의 사유 사이에 소통 가능성을 만들어내는 것, 그 소통이 굳어진 우리 사유 내부에 틈을 만들어내는 것이 중요하다. 그런 점에서 이전에 읽었던 허균을 모두 버리고, 다시 허균의 글 속으로 들어갈 필요가 있다.

일상日常의 심미적 표현과 새로운 사유의 발견

제1부

척독尺牘

형님께 올리는 편지

奉上家兄書

가을 날씨는 점점 서늘해지는데 섭생은 어떠신지요. 그리운 마음을 붙일 길 없습니다. 이 아우는 잘 파직되어 원하던 바에 너무도 잘 맞습니다. 즉시 서울 도성으로 돌아가서 형님과 베개를 나란히 하고 잠을 자는 즐거움을 누려야 마땅하겠습니다만, 구설수 때문에 너무 많이 곤란을 겪은 터라 먼 곳으로 숨어 들어가서 그 곤액을 없애볼까 생각하고 있습니다. 남행을 결심하고 눈을 돌려 북쪽을 바라보니 정회는 더욱 처창합니다. 부령에 도착하니 고을 수령 심군沈君이 성안에 있는 이속의 집에 거처를 안돈케 해 주고 날마다 고기와 곡식을 공급해 주며, 아침 저녁으로 찾아와서 필요한 것이 있으면 바로 처리해 주니 마음과 몸이 편안합니다. 오직 서사書史를 스스로 즐기니 진실로 속세 속의 신선고을입니다. 돌아보면 옛날 벼슬길에 골몰하던 것과 그 거리가 어찌 하늘과 땅 정도뿐이겠습니까?

변산 남쪽 기슭에 우반곡이 있습니다. 그 안에는 물이 풍부하여 물과 바위의 아름다운 풍치가 있더이다. 두 사람 의 이씨를 데리고 가서 살 집터를 정하였지요. 소나무 숲 은 울창하고 시내와 계곡은 말쑥하여, 실로 은거하는 사람 이 자리잡을 만한 곳이었습니다. 땅은 바닷가라서 물고기 와 새우 같은 물산이 풍부한 데다 소금을 굽고 곡식을 심 는다면 흉년에도 사람을 죽이지 않을 만한 곳이었습니다. 심군이 일꾼을 불러 벌목을 해서 시냇가에 여러 간 집을 얽어매 놓았으니, 이 사이에서 한가히 서성거린다면 남은 생을 마칠 수 있을 것 같습니다. 하물며 서울과는 닷새거 리인 데다 큰 언덕이나 험준한 고개, 넓은 강이 그 사이에 없으니 형님 생각이 간절해지면 이 아우는 당장에라도 말 한 필로 달려갈 수 있는 곳이니, 이 어찌 일에 편리하지 않 겠습니까?

아우는 불행히도 처음에는 형중馨仲에게 배척을 받고,

중간에는 일송 상공(沈喜壽를 말함)에게 미움을 받았습니다. 서로 잘 지내던 시속의 무리들이 진실로 이미 우리들과 그 의론을 함께 한다고 말을 해 놓고 자정子正이 전형銓衡을 돕던 날 사훈士薰에 의해 파면되었으니, 저들 무리들은 이 아우가 고을을 떠나고 싶어하는 줄을 모르고 다만 행적만을 구하면서 바야흐로 필시 손뼉을 치면서 기뻐하며 말했습니다.

"아무개는 남인이 아닌데 원래 우리와 마음을 같이 하였다."

이 모욕은 부형腐刑보다 심하지만 불행히도 제가 그 일을 당해보니 더욱 분합니다. 지난달 자정이 편지에서 "등용하라는 명령이 내리면 요즘 논의에서는 옥당 벼슬에 처분시키고자 한다"고 하니, 진실로 또한 이 때문입니다. 저는 흰머리에 실의한 신세라, 영화로운 관직에 대한 생각은 이미 재처럼 사라졌는데, 어찌하여 남에게 머리를 끌려서 나이 어린 후진들에게 굴종하면서 구차하게 관직 하나를 가지고 스스로 총애를 자랑해야 합니까? 서울 쪽으로 보고 웃으려는 소망은 이로써 더더욱 끊어졌습니다. 심부름꾼이 바쁘다고 하여 소회를 다 쓰지 못하니, 다만 순리에 따라

스스로를 보중하시기를 빕니다. 종이를 마주하니 목이 메입니다. 이만 줄입니다. <卷10>

허균에게는 두 분의 형과 한 분의 누나가 있다. 맏형 허성許筬은 정상적인 조선의 지식인으로서 혹은 관료로서의 삶을 살았다. 어떤 면에서 허균의 방달한 삶에 의한 파직과 복직 이면에는 이 형의 정치적 영향력이 개재해 있으리라. 아무리 재기발랄해도 허성과 같은 형의 영향력은 파직 후 곧 복직될 수 있도록 힘이 되었을 것이다. 그런 점에서 허성은 허균에게 현실적인 보호자였다. 아버지 허엽許曄보다 훨씬 아버지처럼 느꼈을 터이다. 둘째 형 허봉許篈은 허균에게는 문학적 아버지이다. 허봉의 뛰어난 시재詩才는 천재소년 허균을 언제나 탄복시키곤 했다. 허균이 자신의 첫 저술 『학산초담』을 비롯하여 『성수시화』 등을 내놓을 때에도 둘째 형 허봉의 그림자는 어디에나 드리워져 있다. 허균에게 문학적인 눈을 뜨게 해 준 사람도 허봉이요, 시 스승인 이달을 소개시켜 준 사람도 허봉이다. 그러니 허균을 낳아준 사람은 아버지 허엽이로되 문학가 허균을 낳아준 사람은 시인 허봉이다.

이 편지는 허균이 공주목사에서 파직되어 우울한 심사를 어쩌지 못하고 그냥 정사암에 은거하던 시절에 쓴 것이다. 마음으로부터 존경과 사랑을 보내던 둘째형은 이승 사람이 아닌 터라 그의 의지처는 오로지 큰형 허성이었다. 공주목사에서 파직된 뒤 그는 다른 어떤 경우보다 속을 끓였던 것 같다. 괴로운 심정을 담아두면 병이 되는 법, 그것은 누구에겐가 말을 건넴으로써 해소된다. 이 편지는 형님에게 자신의 솔직한 심회를 고백하는 내용이다. 거기에는 자신의 처지로 보아 어린 사람이 상관으로 있는 현실을 거론하면서, 그런 이들에게 머리를 숙이느니 은거하여 살아가겠노라는 투정도 슬쩍 끼어 들어 있다.

나이가 들어도 내 투정을 받아줄 수 있는 분이 살아있다는 것은 참으로 큰 복이다. 생각해보면, 나는 언제 저렇게 마음놓고 투정을 부려보았던가 싶다.

대장부의 삶

與崔汾陰 丁未九月

　벼슬살이 하는 제 심정은 엷은 가을 구름 같아서, 서풍
이 한 번 일면 고향 생각을 금할 길이 없습니다. 고을 자리
를 하나 얻어 입에 풀칠을 하니 만호후에 봉해진 것이나
다름없습니다. 그런데 공은 어찌 인색하신지요 공이 인재
를 아끼는 한 마음이야 하늘에 알릴 만하겠습니다만 때를
알지 못한 허물을 면치 못하니, 사랑함이 지혜를 어둡게
한 것은 아닌지요. 공명은 손에 들어오지 않고, 젊은 시절
의 뜻은 이미 쇠하였습니다. 힘이 없어 망설이는 망아지가
우리 안에서 서성거리듯 하니, 이 어찌 슬프지 않겠습니까?
곤궁함과 현달함은 제 스스로 분수가 있는 법이니, 하늘도

또한 헤아리지 못하는 것입니다. 대장부의 생애는 관 뚜껑을 덮어야 끝나는 겁니다. 공께서 보시기에 제 혀가 아직도 붙어 있는 것 같습니까? 큰 골짜기의 용을 고삐와 쇠사슬로 묶어 두려 하지 마십시오. 본성은 진실로 길들이기 어렵습니다. <卷20>

삼척부사에 임명되었다가 부처를 섬긴다는 이유로 13일만에 파직 된 것이 바로 정미년(1607) 5월의 일이다. 7월에 다시 내자시정內資寺正에 임명되기는 하지만, 벼슬살이하는 허균의 심정이 담담할 리 만무하다. 자유로운 정신을 구가하고자 했던 그의 마음은 언제나 '벼슬'이라고 하는 거대한 굴레 속에 갇혀서 움치고 뛸 수 없는 신세였다. 주변에서는 그를 경박자輕薄子로 몰아세우면서 일마다 시비를 걸었다. 이런 때에 가장 도움을 많이 주었던 사람이 바로 최천건崔天健(1538~1617)이다. 허균의 큰형인 허성보다 10년 장인 그는, 허성과 상당히 가까운 교유 관계를 가지고 있었다.

허균의 심사는 헝클어진 실타래처럼 어지럽다. 벼슬을 그만두고 은거하려는 마음이 숨어 있는가 하면 여전히 대장부로서의 공명을 이루고 싶어하는 마음도 슬며시 드러난다. 자신의 운명에 어느 정도 순응하고 편안히 살고 싶어하는 마음이 보이는가 싶다가도 어느 새 자유로운 정신을 본성대로 펼치고 싶어하는 자세를 보이기도 한다.

어지러운 마음 속에서도 우리 마음을 울리는 한 마디가 있다. 대장부의 일생이란 관 뚜껑을 덮어야 비로소 평가할 수 있다는 말이다. 지금의 내 행동으로 나의 모든 것을 평가하지 말아 달라는 글 속에는, 운명과 현실의 어려움에 대해 당당한 자세로 마주하려는 기개가 보인다. 세상의 짧은 소견을 단칼에 치면서, 자신의 행위는 긴 역사 속에서야 비로소 평가될 수 있을 것이라는 자신감이 들어있다.

대장부 생애가 마땅히 이러해야 하지 않겠는가.

눈 녹인 물에 달인 햇차의 맛

與崔汾陰 丁未二月

가림 고을은 손에 들어오지 않고, 되려 공주를 다스리게
되었으니 이 또한 운명입니다. 어찌 공을 허물하겠습니까.
제가 벼슬살이하는 것은 가난 때문이니, 아내와 자식을 보
호하고 굶주림과 추위를 면한다면 충분합니다. 다른 것이
야 무슨 말을 하겠습니까. 그러나 또한 감히 멋대로 노닐
면서 수령으로서의 임무를 전폐함으로써 공이 저를 천거하
여 등용하도록 해 주신 뜻을 저버리지는 않을 것입니다.
대관臺官에서 저의 임용에 대한 결재가 나면 마땅히 가서
감사 인사를 올리겠습니다.

적막한 겨울 밤, 눈 녹인 물을 부어 올해 새로 덖은 차茶

를 우려내는데, 불은 활활 타오르고 샘물 맛은 달콤하니,
이 차맛이야말로 제호醍醐(우유에 갈분葛粉을 타서 만든 맛있
는 죽)나 다름이 없습니다. 공公께서 어떻게 이 맛을 알겠
습니까? <卷20>

   최천건의 추천으로 허균이 공주목사에 임명된 것은 1607
년 12월 9일의 일이다. 그 당시 허균은, 후일 '칠서七庶의 옥
獄' 사건의 주범이 될 사람들과 활발하게 교유하고 있는 중
이었다. 게다가 기이한 행실로 파직과 복직을 반복하던 허
균을 천거하는 일이 그리 쉽지만은 않았을 것이다. 최천건
의 천거에 고마움을 표하는 것은 이러한 분위기 때문이다.
   요즘도 그렇지만, 일자리를 가진다는 것은 득실得失을
동시에 부여한다. 생계를 보장한다는 점에서는 긍정적이지
만, 자기만의 시간을 보낸다는 것은 불가능하게 한다. 생계
를 꾸려야 하기 때문에 벼슬을 한다는 것은 특히 조선 사
회의 사대부들에게는 비교적 널리 통용되는 논리다. 앞부
분은 가장으로서의 인사인 셈이다.

뒷부분은 생계를 떠나, 한 인간으로서의 삶을 말하고 있다. 눈을 녹여서 끓인 물에 햇차를 우려내니, 그 맛은 차치하고라도 그 풍치를 어찌 형언할 수 있겠는가. 벼슬살이에서는 결코 흉내낼 수 없는 고아한 풍경이다.

현실과 소망은 언제나 이처럼 어긋나기 마련인 것, 그대여, 차나 한 잔 들고 가시라!

책을 돌려주십시오
與鄭寒岡 癸卯八月

옛사람의 말에 '빌려간 책은 언제나 되돌려 주기는 더디고 더디다' 했지만, '더디다'는 말은 1, 2년을 가리키는 것입니다. 「사강史綱」을 빌려드린 지가 10년이 훨씬 넘었습니다. 되돌려 주시기 바랍니다. 저도 벼슬할 뜻을 끊고 강릉으로 아주 돌아가 그 책이나 읽으면서 소일하렵니다. 감히 사룁니다. <卷20>

책 빌려보는 사람도 바보고 책 빌려주는 사람도 바보지

만, 빌려 갔다가 돌려주는 사람은 더 바보라는 말이 있다. 책을 좋아하는 사람들은 누구나 쉽게 고개를 끄덕이는 말이다. 예부터 이런 말이 있었던 걸 보면, 책에 관한 애증愛憎의 역사는 참으로 오래된 듯하다.

책이 귀하던 시절, 다른 사람의 책을 빌려서 베낀 다음 돌려주는 것은 흔한 일이었다. 10년 전에 빌려준 책을 돌려달라고 하는 것은 쉽지 않다. 더욱이 한강寒岡 정구鄭逑는 허균보다 상당한 연장이었는데, 이런 경우는 더 난감하다. 짧은 글 속에 은근히 웃음어린 농담으로 슬쩍 눙치면서 옛날의 그 책을 돌려달라고 하는 허균의 솜씨가 대단하다. 게다가 벼슬을 그만두고 고향으로 돌아가서 역사책을 읽으며 소일하겠노라는 그의 말투에는 뭔가 다른 의미가 숨어 있는 듯도 하다.

내 책꽂이를 보면서, 마치 이가 빠진 듯 비어 있는 곳을 보면 이따금씩 10년 전에 빌려준 책이 생각난다. 빌려간 사람은 그 책을 잊었을 테지만, 나는 희미한 옛사랑의 그림자처럼 여전히 생각난다. 책에 대한 사랑을 어쩌지 못하는 나를 허균의 편지에서 발견한다.

가난 때문에라도 하는 벼슬

與趙持世 庚戌二月

　이조판서를 뵈었더니 동몽교관[1] 벼슬로 여장[2]을 굴복시
키고 싶어하시더군요. 그가 벼슬길에 나올까요? 형께서 한
번 물어봐 주십시오. 벼슬이란 때때로 가난 때문에 하기도
하는 법입니다. <卷21>

---

1) 동몽교관童蒙敎官 : 아이들을 가르치는 벼슬. 종9품의 가장 낮은
　벼슬.
2) 여장 : 허균의 벗 권필權韠의 자.

동몽교관은 종9품의 가장 낮은 관직이다. 석주石洲 권필權韠이 억울하게 죽자 다시는 글을 쓰지 않겠노라고 맹세를 할 정도로 절친한 사이였던 허균이다. 하찮은 벼슬 때문에 평생의 뜻을 버리지 않으려는 벗을 위해, '벼슬이란 가난 때문에 하기도 하는 법'이라며 생각을 떠보려는 허균의 말투에서 절절한 우정이 묻어난다. 벗의 마음을 상하게 할까 두려워 직접 물어보지도 못하고 조위한趙緯韓(1567~1649)에게 물어봐 달라고 부탁하는 마음이 여간 고운 게 아니다.

그리운 벗 권필에게

與權汝章 庚戌五月

형이 강화도에 계실 때에는, 1년에 두어 차례 서울에 오시면 곧 저희 집에 머무르면서 술을 마시고 시를 주고받았는데, 이는 인간 세상에 매우 즐거운 일이었습니다. 그러나 온 가족이 서울로 이사오시고는 열흘도 한가롭게 어울린 적이 없어서 멀리 강화도에 계시던 때보다도 못하니 도대체 무슨 까닭입니까?

못의 물결은 바야흐로 넘치고 버드나무 그늘은 한창 짙습니다. 연꽃은 벌써 붉은 꽃잎을 반쯤 토해냈고, 푸른 나무는 비취빛 일산 속에 은은히 비칩니다.

때마침 우유술을 빚어서 젖빛처럼 하얀 술이 술동이에

뚝뚝 떨어지니, 얼른 오셔서 맛보시는 게 좋겠습니다. 바람 잘 드는 마루를 하마 쓸어놓고 기다리고 있습니다. <卷21>

멀리 있어도 언제나 그리운 벗이 있다. 뜻을 함께 하는 벗도 소중한 벗이지만, 글과 情을 함께 하는 벗도 평생을 나눌 소중한 벗이다. 아무도 자신을 이해하려 하지 않는 험한 세상에서, 권필은 허균을 이해해 주었던 벗이다. 허균에게만 그러했겠는가. 권필에게도 허균은 모든 것을 이해해 주었던 벗이었다.

한창 여름빛이 아름다운 시절, 문득 권필이 그리워서 편지를 보낸다. 그냥 술 한잔하러 오라면서, 바람 서늘한 마루를 소제해 놓고 벗을 기다리는 마음이 눈에 선하다.

타향에서 만난 그대

與韓柳川 辛丑八月

그대는 남원에 도착하셔서 좋은 음식을 맛보셨다고 하는데, 바닷가의 보잘것없는 음식에 비해 어떠하신지요. 저는 그대를 보내고 성곽에 올라 홀로 봉생정鳳笙亭 위에 외로이 앉았더랬습니다. 쓸쓸한 안개는 대숲을 덮고, 찬바람 불어 휘장을 흔듭니다. 목을 빼고 동쪽을 바라보니 너른 들판은 어슴푸레한데, 아득히 깃발 빛깔도 뵈질 않더군요.

타향에서 아는 분과 헤어지는 것은 예부터 모두 탄식하던 바지만, 뜻하지 않게 제가 직접 그 일을 당하고 보니 지금 저와 같은 이런 심회가 아니었을까 생각되더군요. 식사 잘 하시고 몸 보중하십시오. 예를 갖추지 못하고 글을 마칩니다. <卷17>

산천을 떠돌다 보면 언제나 사람이 그립다. 먼길을 다니면서도 언제나 고향을 향해 머리를 돌리는 것은, 어쩌면 시원始源을 거슬러 올라가는 인간의 본성인지도 모르겠다. 시불詩佛이라고 불렸던 당나라 시인 왕유王維의 작품에도 타향에서 고향 사람을 만난 기쁨을 노래한 것이 있다.

그대는 고향에서 왔으니　　　　　　君自故鄕來

분명 고향 소식 알고 있겠죠　　　　應知故鄕事

떠나오던 날 창문 앞에　　　　　　來日綺窓前

겨울 매화꽃이 피었던가요　　　　　寒梅著花未

　　　　　　　　　　　　　　　왕유, 『잡시雜詩』

타향에서 우연히 만난 지인知人에게 유난히 다정함을 느끼는 것은, 떠도는 삶의 외로움을 드러내는 것이기도 하다. 말투나 몸짓 하나에도 고향을 온전히 느끼기 때문이다. 잠깐의 만남 뒤에 이별이 찾아와, 떠난 곳을 멀리 바라보는 허균의 눈길이 아련하다.

자연의 법도와 인간의 법도

復南宮生 辛亥二月

벌 한 통을 오동나무 그늘에 두고 아침 저녁 살펴봅니
다. 벌들의 법도가 무척 엄격하더군요.

그런데 국가의 법도가 벌보다도 못하니, 사람을 실망케
합니다. <卷21>

짐승보다 못한 사람이 어디 한둘인가. 이름 없는 작은
것 하나에도 우주의 진리가 스며 있다. 누구나 그렇다고
말하면서 정작 우리 삶은 그것을 바라보지 못한다. 삶을

건강하고 활기 있게 만드는 법도가 있는가 하면, 서로에게
해가 되는 법도가 있다. '법도'라는 이름으로 자유로운 생
각을 제재 받곤 했던 허균이다. 인간의 법도는 이토록 우
리를 실망시킬 뿐인가.

저만의 시를 쓰고 싶습니다

與李蓀谷 己酉四月

　어르신께서는 저의 근체시近體詩가 순수하고 노숙하며 법도가 엄정하고 촘촘하여 성당盛唐의 시와는 관계가 없다면서 배척하고는 돌보아 주지 않으시고, 오직 고시古詩만이 좋다고 하여 안연지顔延之와 사령운謝靈運의 풍격이 있다고 하시니, 이는 어르신께서 고집만 부리고 변할 줄을 모르는 것입니다. 고시는 비록 예스러우나 이건 그대로 베껴서 진짜에 가까울 뿐입니다. 이는 집 아래 집을 또 짓는 격이니 어찌 귀하다 하겠습니까.

　근체시는 비록 핍진하지는 않더라도 나름대로 저의 솜씨가 있습니다. 저는 저의 시가 당시나 송시宋詩와 비슷해

질까 두렵습니다. 남들이 '허균의 시'라고 말하는 것을 듣고 싶으니, 너무 무람한 생각이 아닐는지요. <卷21>

위대한 인물을 본뜨던 시기가 지나면 자신만의 집을 짓고 싶어한다. 연륜이 쌓였는데도 남의 집에 살면 부끄러운 일이다. 그러나 '영향影響'이라는 말대로, 그 인물이 내게 끼친 그림자와 메아리는 여전히 남아 있으므로 나는 언제나 불안하다. 흔히 '영향에 대한 불안'이라고 말하는 것이 그것이다.

자신의 스승 이달에게 당당한 목소리를 낼 수 있는 허균이 부럽다. 스승은 제자의 좋은 점과 고쳐야 할 점을 지적해서 편지를 보낸 듯하다. 이에 대해 제자의 당당한 목소리는 자신만의 시를 짓고 싶다는 독립선언을 이끌어낸다.

그러나 나는 이 편지에서 이달과 허균 두 사람의 허물없는 대화를 읽어낸다. 사제지간에 이토록 흉허물없이 자신의 생각을 이야기할 수 있다면 이미 스승과 제자 사이를 넘어서 이제는 벗이라고 할 수 있지 않을까. '사우師友'라는 말은 벗 같은 스승이어야 하고 스승 같은 벗이어야 한다는 말이 아닌가. 우리 근대시사에 길이 빛나는 김소월역시 자신의 스승인 김안서와의 사이에 이런 글을 주고받은 바 있다. 좋은 스승은 언제나 좋은 제자와 만나야 빛을 발하는 법이다. 그런 스승이 그립다. 동시에 나는 스승에게 그런 제자였는지 되돌아본다.

불우한 사람은 우리의 책임

與李汝仁 戊申正月

나는 큰 고을의 수령이 되었는데, 마침 자네가 사는 곳과 가까우니 어머니를 모시고 이곳으로 오시게. 내가 의당 절반의 봉급으로 대접하리니 결코 양식이 떨어지는 지경에는 이르지 않을 것이네. 자네와 나는 처지야 비록 다르지만 취향은 같네. 자네의 재주는 진실로 나보다 열 배나 뛰어나지만 세상에서 버림받기는 나보다도 심하니, 이 점이 내가 언제나 기가 막혀 하는 일일세.

나는 비록 운수가 기박하기는 해도 이천 석짜리 벼슬을 여러 차례 하여, 오히려 달팽이가 침 바르듯 스스로 적실 수 있지만 자네는 입에 풀칠도 면하지 못하는구려. 세상의 불우한 사람은 모두 우리들의 책임이네. 밥상을 대할 때마다 부끄러워 문득 땀이 나며, 음식을 먹어도 목에 넘어가지 않으니 빨리 빨리 오시게. 비록 이 일로 비방을 받는다 해도 나는 전혀 개의치 않겠네. <卷21>

벗이란 어떤 존재인가. 평생 함께 거닐 만한 사람이 한두 사람이라도 있으면 참으로 행복하리라는 말도 있다. 어렸을 때 들은 이야기가 떠오른다. 친구 많다고 자랑하는 아들을 둔 사람이 있었다. 하루는 아들에게 진정한 친구가 몇이나 되는지 알아보자고 했다. 돼지를 지게에 얹고 거적을 덮은 다음, 친구에게 가서 이렇게 말하도록 시켰다 : "내가 피치 못할 사정 때문에 살인을 저질렀네." 모든 친구들이 놀라서 아들을 내쫓는 것이었다. 그러자 아버지가 그 지게를 졌다. 그리고는 친구의 집으로 가서 똑같이 말을 했다. 아버지의 친구는 아무 말 없이 들어오라더니 숨겨주는 것이었다. 친구에게 무슨 사정이 있으리라는 확신이 있었던 것이다. 이 이야기는 오래도록 내 마음 속에 남아서,

이따금씩 내게는 진정한 벗이 몇이나 될까 궁금해 하였다.

지식인이란 어떤 존재인가. 사람마다 기준은 다르겠지만, 적어도 능력 있는 사람이 그만큼의 대우를 받는 세상을 꿈꾼다는 점에서는 다르지 않을 것이다. 허균의 벗 이재영은 서얼 출신이다. 뛰어난 재능을 품었지만 사회적 신분 때문에 출사가 애초에 막힌 사람이었다. 허균 주위에는 유난히 재능 있는 서얼들이 많았거니와, 이러한 사정은 허균이 처지에 따라 벗을 대우하는 것이 아니라 재능과 인물에 따라 대우했기 때문이다. 인간 때문이 아니라 인간 밖의 기준 때문에 부당하고 불평등한 대우를 받는 것은 동시대를 살아가는 지식인－관료들이 해결해야만 하는 장애물이었다. 그러니 세상에 불우한 사람이 존재하는 것은 바로 '나'의 책임이라는 점을 분명히 인식하고, 그들을 위한 최소한의 책무를 현실 속에서 옮기려 한 것이다.

술 한잔 하러 오시게
與李汝仁 戊申七月

처마엔 빗물 쓸쓸히 떨어지고, 향로엔 가느다랗게 향기
풍기는데, 지금 친구 두엇과 함께 소매 걷고 맨발로 방석
에 기대앉아서 하얀 연꽃 옆에서 참외를 쪼개 먹으며 번우
한 생각들을 씻고 있네.

이런 때 우리 여인汝仁(허균의 지우 李再榮의 자)이 없어서
는 안될 테지. 자네 집 사자 같은 늙은 아내가 반드시 고함
을 지르면서 자네 얼굴을 고양이 면상으로 만들 테지만,
늙었다고 해서 두려워하거나 움츠려 들어서는 아니 될 것
이야.

종놈에게 우산을 가지고 대기하도록 해 놓았으니 가랑

비쯤이야 족히 피할 수 있으리. 빨리 빨리 오시게나. 모이고 흩어짐이란 정해져 있는 것이 아니니, 이런 모임이 어찌 자주 있겠는가. 흩어진 뒤에는 후회해도 돌이킬 수 있겠는가. <卷21>

친한 벗을 만날 때면 이따금씩 이런 생각을 해본다. 내가 저 친구를 이승에서 몇 번이나 만날 수 있을까. 앞날은 누구도 알지 못하고 벗을 만날 기약 역시 아득하다. 나이 들수록 함께 노닐 만한 벗은 찾기 어렵다. 점점 추억으로만 살아가는 나날들, 벗은 내 추억을 지탱하는 가장 큰 힘이다. 작은 술자리도 점점 기약하기 어려운 시절, 빠져서는 안될 벗이 있다면 당연히 부를 일이다.

이런 편지를 받으면 아니 갈 도리가 없다. 사람의 정이란 원래 그런 것인가.

술 한잔 하러 오시게

속절없이 봄날은 간다
邀景洪 乙巳四月

봄기약 이미 어그러지고, 산꽃들 그대 위해 모두 날립니다. 녹음 이토록 무성해지고 꾀꼬리 정히 교태로우니, 사람움직이는 봄빛이 어찌 꼭 계곡 가득한 복사꽃이라야만 하겠습니까. 섬돌 계단을 덮은 붉은 작약 또한 나름대로 볼 만합니다. 보잘것없는 수레를 보내드리니 채찍을 재촉하여 오시기를 바랍니다.

한창 익은 차좁쌀로 빚은 술 걸러놓고 그물 엮어 시내에 쳐놓았으니, 그대를 기다려 잉어 회를 칠 생각입니다. 석순과 자라도 안주거리로 장만해야겠지요. 저야 평생토록 먹고사는 문제에만 매달린 탓에 술과 음식으로 청하는 것이니, 먹는 것

만 탐한다고 비웃지 마소서. 간절히 바라옵니다. <卷17>

　속절없이 지는 꽃잎 따라 봄날이 간다. 천지자연의 영원함이 인간의 무상함과 대비되어 언제나 가슴 속 슬픔의 근원을 만든다. 뜨락의 작약과 싱싱한 횟감, 술과 음식이 장만되어도 여전히 쓸쓸하다. 벗이 있어 모든 것이 '활발발活潑潑'한 세계로 바뀐다.

내가 그려보는 행복한 생활

與李懶翁 丁未正月

큰 비단 한 다발에 금빛, 푸른빛 등 각양각색의 물감을 모두 우리 집 하인에게 맡겨서 서경으로 보냈네. 모름지기 이렇게 그려 주시기 바라네.

산을 등지고 시냇물을 마주한 집에 온갖 꽃과 늘씬한 대나무 천 그루를 심으시게. 가운데로는 남쪽 대청을 열고, 앞마당은 넓게 하여 석죽화石竹花와 금선초金線草를 심고 괴석과 오래된 화분을 벌여 놓으시게.

동쪽 깊숙한 방에는 휘장을 걸었는데, 천 권의 책을 진열하고, 구리로 만든 병에는 공작의 꼬리를 꽂으며, 비자나무로 만든 책상엔 박산향로博山香爐를 놓아 주시게나. 서쪽으로는 창문을 열었는데 우리 소랑小娘이 나물로 죽과 국을 끓이며 손수 우유술을 걸러서 신선로에 붙고 있고, 나는 집 안에서 방석에 기대어 누워서 책을 보고 있으며, 그대는 여러 벗과 내 주변에서 담소를 나누고 있는 걸 그려 주시게. 모두가 두건에 비단 신을 신고 있으며, 도사의 옷에 허리띠는 매지 않았네.

한 가닥 향 연기가 주렴 밖에서 피어오르는데, 한 쌍의 학은 바위의 이끼를 쪼고 있고 어린 아이는 빗자루를 들고 떨어진 꽃을 쓸고 있는 걸 그려 주시게.

이 정도면 인간의 사업이 끝나는 것일세. 그림이 다 그려지면 태징공台徵公(이수준李壽俊의 자)이 돌아오는 편에 부쳐 주시게나. 간절히 바라고 바라네. <卷21>

어려운 시절을 지낸 사람일수록 고요한 삶을 꿈꾸는 법이다. 세상 번우한 일 모두 잊고 사랑하는 아내와 벗들이 함께 하는 곳, 아름다운 자연과 자유로운 생각이 있다면 그것처럼 멋진 일이 어디 있겠는가. 방 안에는 온갖 책이

내가 그려보는 행복한 생활

가득하고 문 밖에는 대숲이 서늘한 자태로 서걱인다. 아내는 소박한 음식에 술을 준비하고 있으며, 나는 벗들과 같이 편안한 입성으로 담소한다. 학과 아이가 마음껏 노니는 곳, 이런 곳이야말로 진정 무릉도원이다.

허균이 이렇게 태평세계를 꿈꾸던 정미년(1607)은 개인적으로 어려운 시절이었다. 그의 도가적 풍모는 어수선한 세상에 상당 부분 빚지고 있다. 험난한 세파 속으로 과감하게 들어가서 온몸으로 헤쳐나가려는 사람이 있는가 하면, 방외方外에 노닐면서 세상을 벗어나고 싶어하는 사람도 있다. 사실 허균은 어느 쪽에 가까운 인물이었는지 판단하기가 쉽지 않다. 세상 속으로 뛰어드는 면모를 보이는가 하면 어느새 세상 밖에서 표연히 거닐고 있다.

이정李楨의 빼어난 그림 솜씨가 허균의 무릉도원을 그렸는지 알려진 바는 없지만, 나는 이 편지 속에서 평온한 삶에 대한 허균의 비원悲願을 읽는다. 그가 '간절히 바라고 바란切望切望' 것은 이정의 그림이 아니라 그 그림이 담고 있을 무릉도원이었을 터이다.

고요한 삶을 꿈꾸는 시절일수록 세상은 살기 어려운 법이다.

달을 바라보며

與桂娘 己酉正月

　그대는 달을 바라보며 거문고를 타면서 산자고山鷓鴣를 노래했다고 하더군요. 그런데 어찌하여 한가하고 은밀한 곳에서 하질 않고 윤비尹碑 앞에서 해서 남을 해치기나 하는 사람[1]에게 들키고 석 자짜리 거사비去思碑를 시로 더럽히게 한 것입니까? 이는 그대의 허물입니다. 비방이 내게 돌아오게 하였으니, 원통합니다. 요즘 참선은 하는지요? 그

---

1) 착치鑿齒 : 요임금 시절에 백성을 해치던 흉악한 인물. 이빨 하나가 입 아래쪽으로 3자[尺]나 길게 나와 있었다고 함. 요임금이 활의 명수 예羿를 시켜서 주화疇華 들판에서 쏘아 죽이게 했음. 여기서는 다른 사람을 해치는 사람을 지칭하는 것으로 보임.

리운 마음 간절합니다. <卷21>

　세상 번우한 일 많을 때면 간절히 그리운 사람이 떠오른다. 한시라도 편할 날 없는 것이 사람의 길이다. 거문고 한 자락에 산자고를 부른 계랑 소식을 들으면서 그녀의 분분紛紛한 마음을 짐작하는 허균 역시 편한 마음으로 살아가는 건 아니었으리라. 내 마음 편하면 남의 어려움을 생각하기 어려운 법, 수많은 비방 속에서도 계랑 탓에 받는 비방이 유독 가슴에 닿는다.

　내게 비방이 오도록 했다고 탓하자는 게 아니라, 비방 속에서도 그리움이 더욱 간절해지니 참 애틋한 정이 아닐 수 없다. 참선을 권하고 챙길 만큼 세상은 어지럽다.

　마음 한 조각 편치 못해 서성거릴 때, 그대의 발걸음은 어디를 향하는가. 발 밑을 잘 살필 일이다.

오해를 푸시지요
與柳侍御書

　어제 찾아주셨을 때 형께서는 마침 술나라에 계셨던 탓으로 말씀을 다 드리지 못했습니다. 편지에 표현하는 것은 너무 번거로울 듯 싶긴 하지만, 말을 꺼낸 마당에 어찌 끝내 침묵을 지킬 수 있겠습니까?

　계묘년에 파직되고 풍악산을 유람하게 되었습니다. 철원에 이르러 풍전역豊田驛 북쪽 2리쯤에 묵게 되었지요. 어떤 늙은 아낙네가 객점으로 저를 맞아 들였습니다. 집과 방은 너무도 정갈했고, 점포에 늘어놓은 것도 또한 말끔했지요. 이상해서 물어 보았습니다. 그랬더니 그 아낙네 말이, 자기는 원래 한양 향교골의 포전랑 뒤에 대대로 살았답니다.

그이의 남편 유세영이란 사람은 저희 외가에 출입했기 때문에 우리 선대의 일을 자세히 알기도 했고, 저희 집 종들의 이름을 알더군요. 어째서 여기서 살게 되었느냐고 물었더니, 아낙네는 이마를 찌푸리면서 이렇게 말하더군요.

"임진년에 남편을 따라 시어머니를 모시고 이곳으로 피난을 오게 되었습지요. 그런데 왜적들이 창졸간에 들이닥치자 남편은 황망히 노모를 업고 밖으로 나가 숲 속에 숨었습니다만 왜적을 만나 한 칼에 죽었습니다. 풀섶에서 저희 애가 울고 있었는데 그 놈들이 데리고 가버렸습니다. 새벽이 되어 피와 살점이 낭자한 시신을 수습하여 손으로 무덤을 파고 묻은 뒤 이곳 사람들에게 의지하여 살게 되었답니다. 이듬해 왜적들이 물러가자 사람을 사서 무덤을 고쳐 묻고는 마침내 술을 팔아 살아가게 되었습지요. 한양에는 친척도 없으니, 결국 여기 우거하면서 봄가을로 시어머니와 남편 두 무덤에 제사를 올리면서 이 몸을 마치렵니다."

제가 물었습니다. "아이는 끝내 돌아오지 않았소?"

아낙네가 말하더군요. "계사년에 왕자님을 따라 나왔다고 합디다. 지금은 어떤 궁궐에 있는데 아직도 이 에미를 찾아오질 않는군요."

제가 그 일에 느낀 바 있어 「객주집 늙은 아낙네의 원한老客婦怨」이라는 장편 한시를 지었습니다. 그 작품의 첫머리에 "동주성 동쪽에 겨울 햇살 비껴 있고, 보개산 높은 곳에 저녁 구름 걸렸구나"라는 말이 있는데, 시를 읽은 사람이 송공宋公을 배척하는 것이라고 잘못 지목하여 사람들에게 퍼뜨린 것입니다. 송공은 저에 대해 밤낮으로 이를 갈면서 반드시 마음에 달갑게 하고자 하는 것은 진실로 이 때문입니다.

같은 때에 피난했던 사람들에게서 송공의 변고를 들어서 그 곡절을 너무도 자세히 알고 있는데, 이는 왜적을 만나 엎어지고 자빠지는 황망한 와중에 부친 계신 곳을 잃어버렸던 것에 불과합니다. 돌아와 보니 왜적들이 이미 부친을 해친 상태여서 끝내 어떻게 할 수 없었던 것이지요.

그분이 만약 이 시를 보셨다면 필시 말을 전해준 사람의 거짓을 알아차렸을 것입니다. 다만 이 시가 그 분에게 전달될 길은 정말 없고, 저 또한 빠져나갈 계교를 모르겠습니다. 송공께서 만약 아내를 버린 일이 없으시다면 비록 백여 편의 풍자시가 있다 하더라도 그 자신에게 무슨 상해

71

오해를 푸시지요

가 되시겠습니까? 만약 터럭만큼이라도 미진한 것이 있다면 집안에 변명꾼 한 사람을 두고 저잣거리에 천금을 벌여 놓아 제 스스로 억울함을 밝히고 설욕하려 한다 해도 이는 하늘에 오르는 것과 같아서 할 수 없을 것입니다. 제 시가 어찌 사태를 판단할 경중을 헤아릴 만한 것이겠습니까?

군자는 마땅히 제 자신을 닦을 따름이니, 뭇사람의 입이 냇물과 같아서 한 사람의 힘으로는 막을 도리가 없는 법입니다. 만약 저를 의론하는 자를 문득 해꼬지를 하려 한다면 이는 너무 수고롭지 않겠습니까? 바라옵건대 형께서는 이런 사정을 자세히 아셔서 말을 좋게 하여 분란을 풀어 주신다면 이보다 더 다행이 없겠습니다. 예를 다 갖추지 못하고 글을 마칩니다. <卷10>

전쟁의 아픔을 말하자면 허균도 빠지지 않으리라. 첫아들과 사랑하는 아내를 전쟁통에 잃었으며, 온갖 고초 속에서 피난길을 재촉하지 않았던가. 전쟁이 끝나고 금강산 유람 길에서 만난 어느 객점의 늙은 아낙네의 인생역정을 들고 그는 「객점의 늙은 아낙네의 원한老客婦怨」이라는 장편 서사시를 썼다. 그런데 뜻밖에 이것이 어떤 특정한 인물과 연결되어 비방을 받았던 것이다.

오해를 풀기 위해 보낸 허균의 편지에서, 여전히 나는 전쟁의 아픔과 생명의 소중함을 읽는다.

사람처럼 끔찍한 짐승이 또 있을까. 행여나 모르는 사이에 작은 짐승을 밟았을까 싶어 날마다 참회하는 스님들 마음을 헤아려 본다.

초등학교 시절 읽었던 책에 이런 일화가 있었다. 어떤 도적놈들이 지나가는 수행자(아마도 인도의 바라문이었을 것이다)를 잡고 강도질을 한 다음, 이들을 나무에 묶어놓고 도망쳤다. 오가는 사람 하나 없는 한적한 길가에 묶여 있던 스님은 저녁 무렵에야 어느 장사꾼에 의해 구출된다. 도움을 청하는 소리를 듣고 달려온 장사꾼은 깜짝 놀란다. 스님의 몸을 묶어놓은 것은 지천으로 널린 덩굴풀이었던 것이다. 어째서 그걸 끊지 못했느냐고, 살짝 힘만 주어도 끊어지는 것 아니냐고 장사꾼이 묻자 스님은 웃으며 말한다. 그 풀도 생명인데, 어찌 내 몸 편하자고 생명을 끊겠느냐고.

어린 마음에 도저히 이해가 되질 않았던 이 일화는, 신기하게도 수십 년 동안 내 머리 속에 남아 있다가 최근 들어서야 비로소 내 마음을 흔든다. 한 오라기의 죄의식도 없이 컴퓨터 게임을 즐기듯 전쟁을 치르고, 수많은 사람이 죽어나가는 시대에, 나의 공부를 되돌아본다. 흔적 없이 사라진 내 과거의 발자국 속으로 얼마나 많은 생명을 짓밟고 왔는가. 앞으로 나는 얼마나 많은 생명을 밟으며 나아갈 것인가.

제 2 부

앉아서 유목遊牧하기

누추한 내 방

陋室銘

방의 넓이는 10홀, 남으로 외짝문 두 개 열렸다. 한낮의 해 쬐어, 밝고도 따사로워라. 집은 겨우 벽만 세웠지만, 온 갖 책 갖추었다. 쇠코잠방이로 넉넉하니, 탁문군卓文君의 짝일세. 차 반 사발 따르고, 향 한 대 피운다. 한가롭게 숨 어살며, 천지와 고금을 살핀다. 사람들은 누추한 방이라 말 하면서, 누추하여 거처할 수 없다 하네. 내가 보기엔, 신선 이 사는 곳이라, 마음 안온하고 몸 편안하니, 누추하다 뉘 말하는가. 내가 누추하게 여기는 건, 몸과 명예 모두 썩는 것, 집이야 쑥대로 엮은 거지만, 도연명도 좁은 방에서 살 았지. 군자가 산다면, 누추한 게 무슨 대수랴. <卷14>

현관을 들어서면 어지럽게 뒤섞여 있는 신발들이 보인다. 간밤 보다가 집어던진 책가지며 신문 쪼가리들, 여기저기 벗어놓은 옷과 양말들, 며칠은 좋이 지났을 법한 찻잔들이 뒹구는 거실. 잠자리엔 몇 달째 정리하지 못한 이불이 축 늘어져 있고, 쓰레기와 먼지 가득한 서재(라고 하기에 너무 미안하지만)엔 내 몸 앉을 자리만 겨우 남아있을 뿐이다. 이 정도면 내 누추한 방이 충분히 상상이 될 것이다.

그러나 이런 방이지만 앉아 있는 동안은 너무도 행복한 시간이다. 역사에 위대한 족적을 남긴 분들이 모두 모여 나를 위해 눈길을 주고 있는 기분이 든다. 나 역시 언제든 그들과 대화할 준비가 되어 있다. 맹자는 '상우尙友'를 말하면서 옛사람과 친구가 되어야 한다고 말한다. 허균 역시 자신의 시대에는 자기의 뛰어난 능력을 알아주는 사람이 없으니 종국에는 옛날 위대한 인물들과 친구 할 도리밖에는 없노라고 자위했다.

'앉아서 유목遊牧하기'라는 말을 들은 적이 있다. 천하를 떠돌아다니면서 수많은 사람들과 교유하고 천하의 학문을 익히지만 육체적으로는 자신의 방을 떠나본 적이 없다면, 이것이야말로 앉아서 유목하는 일이다. 내 방이 지저분하고 누추하면 어떤가. 나의 정신은 세상의 장애를 넘어서 온천지에 가득한 것을.

먼저 간 아내 김씨의 행장

亡妻淑夫人金氏行狀

부인의 성은 김씨이니 서울의 큰 성씨이다. 고려 시대 대상大相 김방경의 현손인 척약재惕若齋 김구용金九容은 고려 말 대단한 명성을 떨쳤고, 관직은 삼사三司의 좌사左使에 이르렀다. 그의 4대 손 김윤종은 무과를 통해 절도사를 지냈으며, 그 아드님 김진기는 경자년 사마시司馬試에 올라 별제別提로 벼슬길에 나아갔다. 이 분이 휘諱 대섭大涉을 낳으니 역시 계유년 사마시에 올라 도사都事로 벼슬길에 나아갔다. 관찰사 청송靑松 심전沈銓 공의 따님을 아내로 맞으니, 부인은 바로 둘째 딸이었다.

부인은 융경隆慶 신미년辛未年에 태어나서 열다섯에 우

리 집으로 시집을 왔다. 성품이 근실하면서 질박하여 꾸밈이 없었다. 길쌈에 부지런하여 조금도 나태함이 없었으며, 말을 입에서 내지 못하는 듯이 하였다. 모부인母夫人 섬기기를 매우 공손히 하여, 아침 저녁으로 반드시 몸소 인사를 여쭈었으며 진지는 반드시 맛을 보고 올렸다. 계절이 되면 시절 음식을 공궤함이 매우 풍성하였다. 종을 대하는 것은 엄하면서도 관대하였고 험악한 말로 꾸짖는 일이 없었다. 모부인께서도 칭찬하면서 "내 어진 며느리"라 하셨다.

내가 한창 어린 나이에 마구 놀러 다니기를 좋아했는데, 얼굴에 싫은 빛을 거의 보이지 않았다. 어쩌다 조금이라도 마구 행동하면 문득 이렇게 말하곤 했다.

"군자가 처신하는 것은 마땅히 엄해야 합니다. 옛사람은 술집이나 찻집에도 들어가지 않는 분이 있었다는데, 하물며 이보다 더한 것이야 말해 무엇하겠습니까?"

내가 듣고 마음에 너무 부끄러워 조금이나마 자제하곤 했다. 그이는 항상 내게 공부를 권면하면서 이렇게 말하곤 했다.

"대장부가 세상에 나매 과거급제를 해서 높은 벼슬에 올라 어버이를 영광스럽게 해 드리고 자기 자신에게도 이로

먼저 간 아내 김씨의 행장

운 것 또한 많은 법입니다. 당신의 집은 가난하고 시부모님 또한 연로하시니, 재주만 믿고 허랑하게 세월을 보내지 마십시오. 세월은 빠르게 지나가니, 후회한들 어찌 돌이킬 수 있겠습니까?"

임진년 왜적을 피해 피난하던 시절, 바야흐로 임신하여 곤고한 몸으로 단천에 이르러 7월 초이렛날 아들을 낳았다. 이틀 후 왜적이 갑자기 쳐들어오자 순변사 이영은 마천령으로 물러나 수비를 하였고, 나는 어머니를 모시고 그대를 이끌고 밤을 도와 마천령을 넘었다. 임명역에 이르자 기운이 없어 말도 못하였다. 그때 같은 성씨였던 허형許珩이 우리를 맞아 함께 바다의 섬으로 피난하였지만, 거기서 머무를 수가 없었다. 억지로 산성원山城院의 백성인 박논억의 집에 이르러, 초열흘날 목숨이 다했다. 소를 팔아 관을 사고 옷을 찢어 염습을 했으나, 살갗이 상기도 따스하여 차마 묻질 못했었다. 얼마 후 왜적이 성진창을 공격한다는 말을 듣자 도사공都事公이 급히 명하여 뒷산 언덕에 묻으니, 그대 나이 스물 둘이요 나와 함께 산 지 무릇 8년이었다.

아, 슬프다! 그때 낳은 아들은 젖이 없어 일찍 죽고, 처음 낳은 딸 하나는 자라서 진사 이사성에게 시집을 가서 아들과 딸 각 하나씩 낳았다. 기유년 내가 당상관에 승직하여 형조참의를 제수 받았는데, 관례에 따라 숙부인淑夫人으로 추증하였다. 아! 그대의 아름다운 행실로 중수中壽도 누리지 못하고 후사도 끊어졌으니, 하늘의 도 역시 짐작하기 어렵다.

바야흐로 곤궁했던 시절에 그대와 마주하여 등잔불을 돋우면서 반짝반짝 밤을 새워 책을 펴고 읽었다. 조금이라도 싫증을 내면 그대는 꼭 농담을 던지곤 했다.

"게으름 피지 마세요. 저의 숙부인 첩지牒紙가 늦어집니다."

그러나 어찌 알았으랴, 다만 한 장 텅빈 교지를 그대 영전에 바치고 그 영화로움을 누리는 자는 나와 머리 틀어 올려 부부가 된 애초의 짝이 아니라는 것을. 그대 만약 앎이 있다면 또한 필시 탄식하고 슬퍼할 것이다. 아, 슬프도다! 을미년 가을, 함경도 길주에서 돌아와 강릉 외가에 묻었다가 경자년 3월 선부인을 따라 강원도 원주 서면 노수에 길이 안장하니, 그 묘는 선영 왼쪽에 있고 인좌寅坐 신향申向이다. 삼가 행장을 쓴다. <卷15>

나이가 들어 아내와의 옛 기억을 되살린다는 것은 따뜻하면서도 가슴 아픈 데가 있다.

죽음은 언제나 갑작스럽게 다가오는 것, 지난날 무심코 했던 말 한 마디 몸짓 하나에도 깊은 슬픔이 담겨 있다. 세월이 흐를수록 그 슬픔은 나의 세월과 뒤섞여 새로운 빛깔로 되살아나고, 계기가 주어질 때마다 다양한 모습으로 내 주변을 배회하면서 기억을 되살린다.

허균이 임진왜란을 맞은 것은 20대 초반, 그는 만삭의 아내를 이끌고 피난길에 오른다. 피난이라고 해야 왜군이 쉽게 닿지 못할 먼 곳으로 떠난 것일 뿐이다. 어머니와 아내를 데리고 떠난 피난길이 평탄할 수는 없다. 게다가 아내는 출산을 앞두고 있다.

강릉으로 가는 도중에 아내는 해산을 했다. 몸을 추스리기도 전에 왜군이 뒤를 바짝 따라오고 있다는 전갈을 듣는다. 다시 부랴부랴 행장을 수습하여 도망한다. 그러나 오랜 피난길에 지칠 대로 지친 아내는 해산한 뒤끝을 이기지 못하고 이승을 하직한다. 핏덩이를 두고 아내는 과연 눈을 감았을까. 다정한 남편을 두고, 사랑하는 부모님을 두고, 수많은 사람들을 두고 아내는 어떻게 눈을 감았을까. 태어난 지 사흘째 되던 날 어미를 잃은 아들은 결국 젖이 없어서 며칠 뒤 엄마를 따라간다. 아내와 아들을 함께 잃은 허균의 심정을 어찌 짐작할 수 있으랴.

햇수로 18년이 되던 해 드디어 형조참의에 제수된 허균은 아내의 숙부인淑夫人 첩지牒紙를 받아들고 옛일을 회상한다. 젊은 날의 아내에게 바치는 사랑의 속삭임이기도 하고, 철없던 시절 아내에게 보내는 회한 섞인 탄식이기도 하다. 스치는 농담 한 마디에도 오래 가슴 아프기도 하고, 이제는 다 자라 출가한 자식을 보아도 아내를 생각한다. 그녀의 농담 속에 등장하던 '부인첩지'는 지금 내게 있지만, 아내는 지금 없다. 있음과 없음의 사이에서 허균의 무망한 눈길이 젖어드는 것 같지 않은가.

나의 벗 금각
琴君彦恭墓誌銘

을유년 중형仲兄이 귀양살이에서 돌아와 백운산에서 글을 읽고 있었는데, 금생琴生이란 사람이 종유從遊한다는 얘기를 들었다. 나는 당시 결혼 문제 때문에 함께 노닐 수 없었다. 며칠 후 편지가 와서 열어보니 단정한 해서로 쓴 꼼꼼한 편지였으며, 글은 매우 간결하면서도 논지가 분명했다. 그것은 바로 금 군의 솜씨였는데, 풍자하는 것은 옛사람의 글을 읽는 듯하였다. 그 뜻은 대체로 만나보기를 바라지만 그러지 못했다는 것이었으며, 또한 함께 형님께 가자는 것이었다. 나는 재빨리 그가 기거하는 집으로 방문해서 교분을 맺게 되었다.

이듬해 봄, 김확 군을 데리고 백운산으로 가니 금 군은 심락 군과 이미 먼저 와 있었다. 우리 네 사람은 아침 저녁으로 함께 노닐면서 지냈고, 서로 학문을 닦고 몸가짐을 바로 잡으며 지내니 그 정은 마치 친형제나 다름없어 늘그막까지 그 정을 모두 지킬 것 같았다. 불행히도 그대는 병이 들어 무자년 8월 25일 세상을 뜨니, 하늘이여, 애통하여라!

공은 영남에서 태어나니, 고려 학사 금의琴儀의 후예다. 사람됨이 재주가 뛰어나고 호탕하며 얼굴은 옥을 세워놓은 듯 아름다워서, 그를 바라보면 신선 중의 하나인 듯하여 부친 봉화공은 그를 너무 아꼈다. 다섯 살 때 시묘살이 하기 위해 만든 묘막에서 아버지를 따라 공부를 하는데, 벽위에 붙여 놓았던 『주역』의 괘상을 보다가 문득 외는데, 순서를 흩뜨리지 않았다. 당시 재실의 창고를 짓는데 인부들이 많았는데도 그 이름을 모두 외웠다. 책에 탐닉하여 어머니를 뵈러 갔다가도 반드시 기한 안에 돌아왔다. 아홉 살에 그의 아버지를 따라 신의왕후神懿王后의 능에 가서 옛 도읍의 산수를 보았으며, 집경전集慶殿으로 바뀌자 따라가서 예전처럼 경주의 옛 유적들을 탐승하였다. 어린 나이에 이미 기이한 뜻이 이와 같았다.

계미년, 그의 부친이 서울에서 벼슬하게 되었다. 군은 아버지를 모시고 와서 송미로宋眉老에게 소동파蘇東坡 시를 배웠다. 열 다섯 살에 비로소 나의 중형 허봉許篈을 따라 고문과 시를 배우기 시작하였는데, 그 글이 날로 좋아져서 읽기만 하면 문득 그 법도를 얻었으며 논의하는 바는 말끔하고 서늘하여 범상한 사람들의 생각을 벗어났다. 중형이 그를 아끼고 탄복하여 그의 아버지에게 편지를 보내 이렇게 말씀하셨다.

"아드님이 먼 곳으로부터 와서 이야기하는 것을 듣고 빼어난 정신세계를 접해보니 청명하고 빼어난 것이 수많은 또래의 무리들보다 뛰어납니다. 진실로 아드님이 저의 스승이지, 제가 그의 스승이 될 수가 없겠습니다."

그가 지은 『주유천하기』『풍창낭화』『일동록』『전의독서문』 등의 글은 한 시대 문예를 말하는 자들이 모두 굴복하여 그것을 전하고 애송하여 서울의 종이값을 갑자기 올라가게 했다. 나의 큰형 허성許筬은 크게 칭찬을 하면서 옛 사람의 문장도 여기에 품평할 수 없다고 생각하셨다.

그대는 담박하여 욕심이 없었고 행동은 방정한 법도가

있었다. 비록 글쓰는 일을 좋아했지만 유생으로서의 사업이 말을 세우는 시문에 있는 것이 아니라는 점을 알고 매양 정성으로 밝히고 궁구하여 도에 이르는 것을 목표로 삼았다. 육경과 사자四子 및 주돈이周敦頤, 정호程灝, 정이程頤, 장재張載, 주희朱熹의 글을 연구하지 않은 것이 없었으니, 항상 성현의 경지에 이르기를 스스로 기대하였다. 고금의 서책을 널리 보아서 다스려짐과 어지러워짐, 흥함과 망함의 원인, 어짊과 삿됨의 구분 등에 있어서 그 얻음과 잃음, 옳음과 그름 등을 논함은 명백하고도 통쾌하여 듣는 사람으로 하여금 지루하지 않게 하였다. 게다가 국가의 관례에 해박하여 마치 직접 경험해본 사람 같았다. 그 글과 학문의 높고 깊음, 뜻의 원대함 또한 이와 같았다.

병술년 가을 폐결핵에 걸려 날로 더욱 쇠약해졌지만 오히려 손에 책을 잡고 공부하기를 게을리 하지 않았다. 부형들이 더 몸이 상할까 걱정하여 그를 말리니 따르지 않으면서 이렇게 말했다.

"아침에 도를 들으면 저녁에 죽어도 좋은 것입니다. 제가 이미 좋아하는 바는 피로한 줄을 모르는 것이니 어찌 상하겠습니까?"

마침내 사마온공의 『통감』과 『강목』과 여러 의학서를 두루 보더니 말하였다.

"하늘이 내게 몇 년만 더 살게 해줘서 아직 다 읽지 못한 책들을 읽게 해준다면 내 소원은 이루어질 터인데."

병이 위독해졌어도 정신과 생각은 오히려 어지럽지 않았다. 기도하는 것은 소용없다고 금지하면서 말했다.

"이제 죽는 것은 곧 운명입니다. 기도해서 무슨 이익이 있겠습니까? 저는 장상長殤[1]이니 신주를 세우지 않아도 됩니다. 하물며 몸과 백魄은 땅으로 돌아가고 혼魂과 기氣는 어디고 가지 않는 곳이 없으니, 저를 이곳에 장사 지내도 될 것입니다. 어찌 선영으로 돌아갈 필요가 있겠습니까? 고향으로 가는 길은 험하고도 머니, 부모님께 더욱 걱정을 끼칠까 두렵습니다."

병중에 자신의 묘지墓誌를 지었으니, 다음과 같다.

"봉성 사람 금각의 자는 언공이다. 일곱 살에 글을 배워 열 여덟에 죽었다. 뜻은 멀었으되 삶이 짧았으니, 운명이로다!"

---

1) 장상長殤 : 요절. 특히 16세에서 18세 사이에 죽는 것을 말함.

그는 죽음에 임하여 스스로 글을 지어 제사를 지냈으니, 제문은 이러하다.

"아버님, 어머님, 저를 위해 곡을 하지 마소서. 아! 애통하여라."

아무 해 9월, 경상도 예안 땅 백운동 남쪽 묘소에 장례지냈다. 그가 지은 바 시문 두 권을 『조대집』이라고 명명하였다. 경술년 봄에 그의 형 의부랑儀部郎 금개琴恺 씨가 행장을 가지고 와서 말했다.

"죽은 동생의 행적을 형(허균을 말함─역자 주)께서 소상히 아시지요. 그의 저승길을 기록하고자 하니, 기록을 해주시지 않으렵니까?"

내가 울면서 말했다.

"백운산에 있던 시절에 우리 세 사람은 군을 우러르기를 마치 쑥대가 높은 소나무를 바라보듯 하였습니다. 그를 세상에 살아있게 하였더라면 반드시 문단의 맹주를 맡아서 나라의 보배가 되었을 터이니, 저 같은 자가 어찌 감히 글로써 세상에 이름을 날렸겠습니까? 불행히도 먼저 세상을 떠났으니 후세에 그대를 알리는 책임은 진실로 저희에게 있게 되었습니다. 감히 미치지 못한다는 것을 이유로 그대와의 우의를 없앨 수 있겠습니까?"

　마침내 피눈물을 닦으며 그대를 위해 다음과 같이 명을
짓는다.

　　　공의 글은 옛글보다 뛰어나고

　　　공의 학문은 작은 곳까지 이르렀도다.

　　　문단에 붉은 깃발

　　　공이 아니면 누가 세우랴?

　　　문득 옥루에 기록하는 것은

　　　우리들의 슬픔일세.

　　　마침내 졸렬한 솜씨로

　　　이제 손가락에 피 흘리게 하네.

　　　공의 행적 더듬음에

　　　어찌 거친 말을 쓰겠습니까?

　　　나의 정을 기록하나니

　　　공은 아마도 아시겠지요

<卷17>

묘지명은 죽은 사람의 묘에 넣기 위한 글이다. 글쓰는 사람과 특별한 관계에 있는 사람이 쓰는 글인데, 살아 생전 자신과 있었던 기억을 적극 활용하면서 그의 일생을 조리있게 쓰는 글이다. 전반적으로 슬픔이 깔려 있지만, 다른 한편으로 보면 그와의 따뜻한 기억들을 되살리게 하는, 정감 가득한 글이기도 하다.

금각은 열 여덟에 요절한 재사才士다. 어느 죽음인들 안타깝지 않겠는가마는, 자신의 재능을 펼치지도 못하고 어린 나이에 사라지는 것은 그 안타까움을 배가시킨다. 형제와도 같았던 허균으로서는 그의 죽음이 못내 아쉽고 가슴 아프다.

유서를 써 본 사람들은, 쓸 때의 묘한 감정을 짐작할 것이다. 지뢰밭을 걸어다니는 듯한 현실 속에서, 우리는 죽음과 언제나 대면하고 있는데도 정작 자신은 전혀 인식하지 못하고 살아간다. 유서를 한 번 써보라고 해도, 연필을 드는 순간까지도 가벼운 마음을 잃지 않는다. 그러나 참으로 묘하게도, 유서를 써나가면 갈수록 그의 얼굴은 진지해지고 심각함은 정도를 높인다. 정말 내가 당장 죽을 것처럼 생각되면서, 내가 사랑하는 사람의 얼굴을 하나하나 떠올리게 된다.

이 글이 죽은 친구를 위해 쓰는 묘지명임에도 불구하고, 오랫동안 나의 눈길을 끌었던 것은 금각이 직접 썼다는 제문이었다. 이미 폐결핵이 위중해져서 죽음은 의심할 길 없이 눈 앞에 와 있는 상황이었다. 그 순간 머릿속에 떠오르는 사람은 누구였을까. 그 날 그때까지 키워 주신 부모님이었다.

자식이 죽는 것을 경험한 부모들의 심정은 무엇으로도 비유하기 힘들 것이다. 부모가 죽으면 땅에 묻지만 자식이 죽으면 가슴에 묻는다고 했다. 금각은 바로 그런 지점에서 자신의 제문을 지은 것이다.

"아버님, 어머님, 저를 위해 곡을 하지 마소서. 아! 애통하여라."(父兮母兮, 莫我哭兮, 嗚呼痛哉)

불과 열두 글자 밖에 안되지만, 그 속에는 금각의 평생이 모두 들어 있다. 내가 죽으면 깊은 슬픔에 빠지실 부모님을 생각하면 눈이 감기지 않았을 것이다. 내가 공부한 것을 펼쳐보기도 전에 죽어 가는 것에 대해서도 만감이 교

차했을 터이다. 가슴 깊은 곳에서부터 솟구쳐 터지는 금각의 통곡 소리가 들리는가.

　금각을 소개받던 시기부터 서서히 감정을 고조시켜 오던 허균은, 금각이 스스로 지은 제문에 이르러 최고의 슬픔을 드러내 보인다. 허균의 슬픔은 무엇을 위한 슬픔인가. 형제 같은 벗 금각의 죽음을 슬퍼하면서 허균은 그이의 갑작스럽고 이른 죽음을 애도하지만, 다른 한편으로는 재주를 펼쳐보지도 못하고 고개를 떨구는 수많은 인재들을 위한 것은 아니었을까. 그들이 재주를 펼칠 수 없는 사회를, 시대를 조문하는 것은 아닌가. 그렇다면 허균의 호곡號哭 소리는 지금 우리 귀에도 쟁쟁하게 들리는 것인가.

푸줏간 앞에서 입맛을 다시노라

屠門大嚼引

나의 집은 비록 가난했지만 선친께서 살아 계실 때 사방의 기이한 맛을 예물로 바치는 사람이 많았기 때문에 어렸을 때에는 날마다 산해진미를 갖추 맛볼 수 있었다. 자라서는 부호가에 장가들어서 또한 뭍과 바다의 진미를 모두 맛보았다. 난리로 북쪽에서 왜적을 피해 있다가 강릉 외갓집으로 돌아가서는 기이한 음식을 두루 맛보았는데, 벼슬길에 나아간 뒤 남북으로 벼슬살이를 하러 다니면서 더욱 입을 부쳤다. 그러므로 우리 나라에서 나는 산물로 구운 고기를 맛보고 그 빼어난 것을 씹어보지 않은 것이 없었다.

식욕과 성욕은 본성이지만, 식욕은 더더욱 몸과 목숨에

관련된다. 선현들이 음식을 천하게 여긴 까닭은 그것을 탐하여 이로움을 따른 것을 지칭한 것이다. 어찌 일찍이 음식을 폐하고 이야기도 하지 말라는 것이었겠는가? 그렇지 않다면 여덟 가지 진미를 무엇 때문에 『예기』에 기록하였을 것이며, 맹자는 물고기와 곰 발바닥의 구분을 했겠는가?

나는 일찍이 진晉나라 하증何曾의 『식경食經』 및 당나라 서공舒公[1]의 『식단食單』을 본 적이 있다. 두 분은 모두 천하의 맛을 다하고 그 풍성함과 사치스러움을 극진히 하였으므로 음식의 종류가 매우 많아서 만 종류로 헤아릴 지경이다. 그러나 꼼꼼히 살펴보면 아름다운 이름만을 서로 만들어서 사람들을 현혹시키는 도구로 삼았을 뿐이다. 우리 나라는 비록 궁벽한 곳이지만 바다로 둘러싸여 있고 높은 산으로 막혀 있기 때문에 물산 역시 풍부하고 요족하다. 만약 하증과 위거원 두 분의 예를 써서 이름을 바꾸어 그것들을 구분한다면 아마도 또한 수만 가지는 될 것이다.

---

1) 원문에는 순공郇公으로 되어 있는데, 이는 서공舒公의 오자로 보인다. 이 글의 뒷부분에는 '하何, 위韋' 두 사람이 언급되고 있는 것으로도 알 수 있다. 당나라 때 위거원韋巨源을 말하는데, 그는 「소미연식단燒尾燕食單」이라는 저술을 남겼다.

내가 죄를 짓고 바닷가로 유배되었을 적에 쌀겨마저도 부족하여, 밥상에 오르는 것은 상한 뱀장어나 비린 생선, 쇠비름, 들미나리 등이었고 그것도 끼니를 걸러서 굶주린 배로 밤을 새웠다. 그럴 때면 매양 지난 날 먹던 산해진미도 물려서 물리치던 때를 생각하고 침을 흘리곤 하였다. 다시 맛보고 싶었지만 천상에 있는 서왕모西王母의 복숭아처럼 아득하니, 내가 천도복숭아를 훔쳐 먹은 동방삭東方朔이 아닌 바에야 어떻게 훔쳐 먹을 수 있겠는가. 마침내 종류별로 나열하여 기록해 놓고 때때로 보면서 한 점 고기로 여기기로 하였다. 쓰기를 마치고 나서 「도문대작」이라 명명하였다. 이는 세속의 현달한 자들이 입에는 사치스러움을 다하고 함부로 낭비하여 절제할 줄 모르니, 부귀영화는 이처럼 무상할 뿐이라는 것을 경계하려는 것이다. <卷26>

오랫동안 외국 생활을 하던 사람에게, 어떤 음식이 가장 그리웠느냐고 물으면 김치나 된장찌개 등속을 드는 경우가 많다. 그들의 입에서 신선로나 구절판, 갈비찜처럼 값비싼 음식이 등장하는 일이 거의 없다.

맛있는 음식이 무엇이냐고 물었을 때, 아주 비싼 것을 거론하는 사람을 보지 못했다. 음식을 만난 상황과 당시 나의 감정이 절묘하게 만났을 때 비로소 환상적인 음식맛을 만들어낸다. 더욱이 어려운 상황에서 경험했던 음식은, 이후에 기억의 변형(긍정적이든 부정적이든)에 의해 훨씬 높은 강렬도를 지니게 된다.

이 글은 허균이 함열에 귀양을 가서 쓴 것이다. 과거 전국의 산해진미를 맛보던 시절과 현재 제대로 먹을 것을 챙기지 못하는 비참한 상황이 대조되면서 음식이 주는 풍성하면서도 아름다운 상상력을 만들어낸다. 제목에서도 드러나는 것처럼, 가난한 사람이 푸줏간 앞을 지나면서 입맛을 다시는 것은 허균의 현실이다. 푸줏간의 고기는 아련한 과거의 일일 뿐, 현재로서는 무망한 일이다.

허균의 『도문대작』은 분량이 그리 많지는 않은 책이지만 각 지역의 특산물과 맛있는 음식의 이름으로 가득하다. 일종의 목록집인 셈인데, 허균은 그것을 통해 과거의 입맛을 되살리고자 했다. 음식 이름을 하나하나 뜯어보면서, 그는 단순히 음식맛을 느끼려는 것이 아니었을 것이다. 외로운 유배지에서, 그를 지탱해 주는 것은 과거의 음식과 함께 그리운 식욕이 아니었을까. 지금은 없는 아버지와 어머니의 기억, 혹은 눈물나게 그리운 둘째 형과 누이 허난설헌은 허균에게 어쩌면 음식으로 기억되었던 것은 아닌가. 추위에 떨면서 언 붓끝을 녹여가며 글을 썼을 허균이 떠오른다. 그러고 보니 그는 입맛을 다시는 게 아니라 추억을 맛보고 있었던 것이다.

묵죽도墨竹圖, 진여眞如의 바다

灘隱畵竹贊題洛迦禪寺上人克融卷

청청한 푸른 대,.모두가 진여로다.

이 말은 누런 얼굴의 늙은이(부처)에게 들었나니, 이는 대나무가 먹으로 변했다는 것인가, 먹이 대나무로 변했다는 것인가. 허깨비 꽃 이미 사라졌으니, 무엇으로 변하게 할까. 하늘은 텅비고 바다는 넓은데, 달 떠오르자 구름 걷힌다. 그 그림자 어른어른, 그 소리 사그락 사그락. 전각 안에 두 그루 대나무, 스님께선 가서 완상하소서. 여가與可와 혜숭惠崇의 오묘한 기법으로도, 마음에 들어 소홀히 여기지 못하리니, 스님, 이 권축卷軸은 다비하실 만 할걸요. <卷14>

조선후기 이름 없는 화공의 묵죽도를 본 적이 있다. 바람에 날리는 풍죽風竹 몇 줄기를 그린 것이었는데, 먹의 농담濃淡만으로 어떻게 저리도 깊은 대숲을 그려냈을까 싶었다. 대숲의 바람은 몇 백 년의 세월을 건너 뛰어 내 가슴으로 불어왔고, 서걱거리는 댓잎 소리는 천지에 가득했다. 색채를 넘어서 오직 검은 빛만으로 세계를 그려내고 정신을 형상화하는 수법에서, 형상을 넘어 법체法體를 본다.

한 폭의 대나무 그림이지만 눈 있는 자 보리라. 무엇이 먹墨이고 무엇이 대나무인가. 무엇이 그림이고 무엇이 현실인가. 보이는 것은 무엇이고 보이지 않는 것은 무엇인가. 인연의 허깨비가 만들어내는 대나무를 통해 진여의 바다에 유영하는 우주를 본다. 아상我相은 사라지고 오직 진여만이 오롯이 남아 저 묵죽墨竹으로 남았다. 저 묵죽불墨竹佛을 향해 예를 올리고 다비를 한다면 몇 말의 사리를 얻을 터, 진여의 바다에 부처 아닌 것이 있단 말인가.

나의 벗 석주 권필

石洲小稿序

나의 벗 권여장權汝章(權韠)은 약관의 나이에 시를 너무 잘 써서, 그 수준은 옛사람을 넘어섰지만 세상에서는 여전히 귀중하게 여겨지지 못했다. 나는 매양 시를 가장 잘 쓰는 사람으로 그를 말하면서 반드시 "여장이야, 여장이고 말고"하였다. 내 말을 들은 사람들은 처음에는 괴이하게 여기다가 그 다음에는 웃다가 종국에는 내 말을 믿기는 했지만, 그들도 또한 권여장이 도달한 깊고 낮음을 알지 못했다.

하루는 홍녹문洪鹿門이 물었다. "여장의 시는 우리 나라에서 누구와 견줄 수 있을까요?"

나는 말했다. "문간공文簡公 김종직金宗直이라도 감당할 수 없을 걸."

녹문은 눈을 휘둥그렇게 뜨고 놀라면서 말했다. "망언하지 마세요."

내가 몰래 웃으며 말했다. "점필재 김종직은 단지 우리나라의 대가라고 사람들이 얘기하길래 짐짓 그에게 비교했을 뿐일세. 만약 여장이 홀로 도달한 오묘한 지경을 말하자면, 시의 맑기는 왕유王維와 같고, 시의 뜻은 유종원柳宗元과 같으며, 아름다우면서도 맛이 있기로는 원매袁枚와 같다네. 어찌 여장을 점필재와 나란히 얘기한단 말인가? 여장의 이름이나 지위가 사람을 울릴 수 없는 것이라서 세상은 그를 천하게 여긴단 말이야. 그를 이전 시대에 태어나게만 했다면 사람들이 그를 바라보는 것이 어찌 김종직 정도였을 뿐이겠는가?"

어떤 사람들은 여장의 학력學力이 적고 원기元氣가 결핍되어 있어서 김종직보다 한 단계 수준이 떨어진다고 하는데, 이는 더더욱 시의 도를 모르는 사람들이다. 시에는 특별한 지취志趣가 있어서 이치와 관계되는 것이 아니다. 시에는 특별한 재주가 있어서 책과 관계되는 것도 아니다.

천기天機를 희롱하고 현조玄造를 빼앗을 때에만이 정신은 빼어나고 소리는 밝으며 격조는 뛰어나고 생각은 깊어서 최상승의 경지가 된다. 쌓아놓은 것이 비록 풍부하다 해도 비유하자면 교학敎學을 담론하는 점문漸門(오랜 수행을 통해 깨달음을 추구하는 불교의 교파)이 어찌 감히 임제 이상의 지위를 바라본단 말인가? 이실지李實之는 평생 굳센 성품이어서 평소 사람을 잘 인정하지 않았지만, 여장에 대해서는 자신이 미치지 못한다고 추켜세웠다. 그렇지만 그가 어찌 여장이 이른 경지를 다할 수 있었겠는가. 여장은 성품이 게을러서 자신이 지은 작품을 흩어버려 모으지 않았는데, 심생沈生이 전해지는 것 수백 편을 수습하여 『석주소고』라고 제목을 붙인 후 내게 보여 주었다. 그것을 읽고 기분이 좋아서 말하였다 : "내 말이 거짓은 아니지. 이 책으로 치면 여장이 옛사람을 압도하여 한 시대에 최고로 우뚝한 것을 볼 수 있으니, 여장이 아니면 누가 이렇게 하겠는가? 세상이 귀중하게 여기지 않는 것이 여장에게 어찌 병이 되겠는가? 하물며 후세에 어찌 양자운揚子雲(한나라의 문장가 양웅을 말함)을 알아주는 사람이 없겠는가?" 마침내 비평을 가하고 때때로 꺼내서 읊조려보면 이빨과 뺨 사이에 바람이 스산하게 일어나서 나도 모르게 정신이 아득히 저 하늘 꼭대기까지 들어올려진다. 아, 지극하구나.

여장은 안동 권필이요, 석주는 그가 스스로 지은 호號다. 인품의 높음은 시보다 더욱 뛰어나지만 세상 사람들이 서로 귀중하게 여기지 않는 것은 시보다 더욱 심하다. 아, 안타깝도다. <卷4>

나를 알아주는 벗이 있다는 것은 얼마나 기쁜 일인가. 평생토록 내가 가는 길을 묵묵히 밝혀주고, 길벗이 되어 인생길을 함께 하는 사람. 아무리 오랫동안 옆에 붙어 있더라도 그들의 관계가 이익을 염두에 두고 엮어진 것이라면 이들은 벗이 될 수 없다. 한 번도 본 일은 없지만 내 뜻을 이해해주고, 나와 같은 진리의 길을 과감히 걸어가는 사람, 이익에 연연해하지 않고 오직 도道만이 서로를 지탱하는 기둥이 된다고 여기는 사람, 뜻을 함께 하는 사람同志이야말로 진정한 벗이다. 얼굴을 아는 것이 어찌 중요하겠는가.

허균의 삶이 파직과 복직, 비난과 모함으로 얼룩진 것이었다 해도 그에게는 석주 권필과 같은 벗이 있어 즐거웠고, 석주 권필의 생애가 불우함과 궁핍함으로 점철되었다 해도 그에게는 허균과 같이 진정한 가치를 알아주는 벗이 있어 외롭지 않았다.

나의 스승 손곡 선생

蓀谷山人傳

손곡산인 이달의 자는 익지益之이며, 쌍매당雙梅堂 이첨 李詹의 후손이다. 그의 모친이 천출이었으므로 세상에 쓰이지 못하였다. 원주의 손곡에 살았으므로 스스로 호를 삼았다. 이달은 어렸을 때 읽지 않은 책이 없었으며, 엮어내는 글이 매우 넉넉한 느낌이 들었다. 한리학관漢吏學官이 되었지만 맞지 않는 점이 있어서 그것을 버리고 떠났다. 고죽孤竹 최경창崔慶昌, 옥봉玉峯 백광훈白光勳을 따라다니며 서로 매우 잘 어울려 시모임詩社을 이루었다. 이달은 바야흐로 소동파를 본받아 정수를 터득하여, 한 번 붓을 들면 문득 수백 편을 써냈는데 모두 농섬穠贍하여 읊조릴 만

하였다.

하루는 사암思菴 박순朴淳 상공이 이달에게 말하였다.

"시의 도는 마땅히 당나라 시 작품으로 정법을 삼아야 할 것이야. 송나라 소동파의 시가 호방하기는 하지만 수준이 한 등급 떨어진 것이지."

그리고는 책꽂이에서 이태백의 악부樂府 및 가음歌吟, 왕유와 맹호연의 근체시를 뽑아서 그에게 보여주는 것이었다. 이달은 눈이 휘둥그래져서 올바른 시의 법도가 여기 있다는 것을 알게 되어, 마침내 예전 배운 것을 모두 버리고 예전 은거하고 있던 손곡 집으로 돌아가『문선文選』, 이태백 및 성당 시대 열두 분의 대가, 유장경, 위응물의 시에서부터 원나라 양사홍楊士弘이 지은『당음唐音』에 이르기까지 숨어서 외웠다. 낮을 이어 밤을 새우기도 하면서 무릎을 좌석에서 떼지 않았다. 이렇게 5년이 되자 어렴풋이 뭔가 깨달음이 있는 듯하여 시험삼아 시를 써보니 시어가 너무도 맑아서 예전의 모습이 완전히 씻겨졌다. 즉시 그는 당나라 여러 시인들의 시체詩體를 본받아서 장단편 및 율시, 절구 등을 짓고, 글자를 다듬고 소리를 연습하며 운율을 헤아려서 작시의 법도에 마땅치 않은 점이 있으면 달이 지나고 해가 넘도록 퇴고를 거듭하였다. 무릇 그가 지은 10여 편 작품들을 세상에 꺼내서 여러 사람들 사이에서 읊조리자 사람들은 감탄하면서도 기이하게 생각하면서 최경창이나 이광훈이 그에게 미치지 못한다고 여기게 되었으며, 제봉 고경명과 하곡 허봉 등 당대에 시로 이름이 난 분들은 모두 성당 시대의 작품이라며 추켜세웠다.

그의 시는 맑고 신선하며 우아하고 아름다워서, 품격이 높은 것은 왕유, 맹호연, 고적, 잠삼 등의 시에 드나들 수 있고 낮은 품격의 작품들도 유장경이나 전기錢起의 작품의 품격을 잃지 않았다. 신라, 고려 시대 이후로 당시를 배워 쓰던 사람들은 모두 그에 미치지 못하였는데 이는 진실로 사암 박순 상공이 고무해주신 힘이었으니, 마치 진섭이 한고조를 고무하여 한나라를 개국하게 한 공적과 같은 것이었다. 이달은 이를 계기로 우리 나라에 이름이 진동하였으니, 그를 귀하게 여겨서 그 사람됨을 버려두고 칭찬과 비방을 바꾸지 않는 사람으로 서너 분의 훌륭한 분이 있었지만, 그를 미워하는 세상 사람들은 빽빽이 줄을 서 있었다. 여러 차례 더러운 모욕을 가해서 법망法網

에 넣으려 했지만 끝내 그를 죽여 그 명성을 빼앗을 수는 없었다.

이달의 모습은 그리 아름답지 못했고, 성품 또한 방탕하여 세상의 법도에 구애되지 않았다. 게다가 세상의 예법에도 익숙하지 않았기 때문에 당시 사람들에게 거슬렸다. 그러나 지금 일과 옛 사적 및 산수의 아름다운 홍치를 잘 이야기했고 술을 좋아하고 진나라 사람들의 글씨를 잘 썼다. 그의 마음은 툭 트여서 정해진 한계가 없었고 생업을 일삼지 않아서, 사람들은 간혹 이것을 걱정하기도 했다. 평생토록 몸 붙인 땅이 없이 사방을 유리걸식하였으니 사람들이 그를 천대했다. 곤궁과 재액으로 늙어갔지만 그것은 진실로 시에 연좌된 탓이었다. 그 몸은 곤궁했어도 불후의 명시들은 남아있으니, 한 때의 부귀로써 이 이름을 바꿀 수 있겠는가. 그가 지은 작품은 거의 잃어버려, 내가 4권으로 모아 전승되게 하였다.

외사씨外史氏는 말한다.

"송나라 태사 주지번이 일찍이 이달의 시를 보다가 「만랑무가漫浪舞歌」에 이르러 무릎을 치면서 감탄하여 말하기를, '이 작품이 이태백과 또한 어찌 품격이 멀겠는가?'라고 하였고, 석주 권필은 그의 시 작품 「반죽원斑竹怨」을 보고는 '이태백의 문집인 『청련집靑蓮集』에 넣는다면 안목을 가지고 있는 사람이라도 구별하기 어려울 것이다'라고 하였다. 이 두 사람이 어찌 망령되이 말하였겠는가? 이달의 시는 진실로 기이하여라!" <卷8>

소수자로서의 삶은 언제나 외로움과 갈등을 동반한다. 사회의 권력이 자유로운 나의 정신을 누른다는 의식이 명료해지면 질수록 소수자로서의 비판적 시선은 더욱 날카롭게 예각화한다. 조선 전기 어무적魚無迹과 같은 시인에게서 이미 확인되듯이, 양반이 지배하는 시대에 서얼이나 천민 출신의 인물이 사회의 권력 내부로 틈입한다는 것은 참으로 불가능한 일이었다. 재주가 뛰어나면 무엇하랴, 이미 태어날 때부터 권력의 경계 밖으로 배제된 것을.

손곡 이달은 서얼 출신 시인이다. 자신에게 주어진 생의 그림자를 밟으며, 한 번도 자유로움을 만끽하지 못했을 그의 자취는 허균을 통해서 이렇게 남았다. 강원도 원주 부근의 손곡에 틀어 박혀 당시唐詩를 공부하는 그의 태도에서 나는 소수자로서 이 땅을 살아가는 한 인간의 고뇌를 발견한다. 세상 번우한 일이 들리지 않는 산골, 둘러보아도 산뿐인 동네에서 이달은 그렇게 시를 익혔다.

시를 쓰지 않았더라면 이달은 아마 광인으로 살아갔거나 일찌감치 죽음의 길로 들어섰으리라. 차라리 글공부를 하지 않았더라면 이달의 평생은 훨씬 편했을 것이다. 몸은 힘들어도 마음은 편한 상태였을 터, 그렇게 적당히 종놈들 모인 봉노에서 불평하고 거친 술 한 잔에 거나해져서는 아무데서나 쓰러져 잠이 드는 생활이었을 터, 그렇게 살아갔다면 이달의 한평생이 불행했다고 단언하기 힘들 것이다.

'공부'라는 것은 무엇인가. '문자'를 배운다는 것은 무엇인가. 사회적 권력을 이미 획득한 사람들에게 공부와 문자는 그 자체가 이미 주류적 삶을 이어나가는 큰 힘이다. 그들의 공부는 사회의 주류로서 다른 사람을 다스리려는 것이요, 그들의 문자는 거대 권력의 한 상징이다. 그러나 애초에 거기서 비껴선 사람들에게 공부와 문자란 평생 동안의 갈등과 고민을 만들어내는 원천이다. 자신이 받는 비인간적인 대우와 부당한 권력의 행사, 인간 존재의 본연이 자유 그 자체이며, 인간 사이의 차별을 만드는 사회적 원인에 대한 날카로운 성찰 등은 공부와 문자가 없이는 생각할 수 없는 것들이다.

허균은 이달을 처음 보았을 때 웬 꾀죄죄한 차림의 촌놈 하나가 있다고 생각해서 눈길조차 주질 않았다고 한다. 후일 자신의 시 스승이 될 분이었지만, 오랜 방랑과 불우에 찌든 이달의 모습에서 어떤 위엄이나 시인으로서의 풍모를 발견하기란 어려웠을 것이다. 그렇게 간고한 생활을 만든 원인을 찾는다면 아무래도 비천한 처지에서 참람되이 배운 '문자'가 아니겠는가.

스승의 삶을 바라보는 허균의 시선은 참으로 따뜻하면서도 존경의 빛을 담고 있다. 스승도 가고, 허균 자신도 힘든 인생길을 헤쳐 왔으니, 스승 이달의 삶이 이해가 되었을 법하다. 곤궁하였으므로 행복한 시인이었다고 기록하는 허균의 붓은, 이달의 아름다운 시편이 그토록 힘든 삶의 굴곡에서 빚어낸 고통의 결정이었노라고 쓴다. '궁이후공窮而後工'이라고 했다. 곤궁해진 뒤에야 좋은 시를 쓸 수 있다는 말이다. 소수자로서의 삶이었기에 불행했던 이달은, 역설적이게도 소수자로서의 인식을 분명히 했기 때문에 행복한 시인이었던 것이다.

나의 스승 손곡 선생

앎을 함께하는 기쁨
湖墅藏書閣記

강릉은 대관령 바다 동쪽의 큰 도회지다. 신라 때에는 북빈경北濱京이었으며 동경東京이라고 부르기도 했다. 김주원金周元이 명주군왕溟州郡王으로 봉해진 이후 아름답게 수식하여 화려한 볼거리라든지 웅장하면서도 곱고 매우 뛰어나서 서울과 다툴 정도였다. 습속 또한 글과 교육을 숭상하는 터라, 글판에 나서서 드날리는 선비들이 뒤꿈치를 이어 숲을 이룰 지경이었다. 풍속은 온유돈후함을 숭상하며 노인을 공경하고 검약하며, 백성들은 질박하여 기교를 꾸미는 일이 없었다. 또한 생선과 쌀 생산이 요족하여 산천이 동쪽 지역에서 으뜸일 뿐만은 아니었다. 그러므로 이곳에서 벼슬살이한 사람은 잊지 못하고 연연해하였다. 임기가 되어 떠나가면 우는 사람이 있었으니, 원읍현員泣峴(원님이 울며 넘는 고개라는 의미로, 대관령을 넘기 전에 있는 고개 이름)이 아직도 있는 것은 대개 그 징표라 하겠다.

유인길柳寅吉 부사府使께서 이 고을에 부임하시어 청백함과 엄함, 인자함과 용서로 다스리시니 백성들은 자애로운 어머니로 여기며 받들었다. 일찍이 문화적 가르침을 진흥시키는 것을 자신의 일로 삼아 학업을 장려하고 권려하는 데에 조금도 게을리하지 않았으니, 선비들 중에서 다못 떨쳐 일어나는 사람이 많았다. 임기가 되어 돌아가게 되자 명삼明蔘 32냥을 나에게 주시면서 말씀하셨다.

"이 물건은 정말 부러운 것이지만, 돌아가는 주머니에 넣어서 누累가 되고 싶지는 않네. 약상자를 보충하는 데 쓰시게나."

내가 말했다.

"감히 개인적으로 받지 못하겠습니다. 고을의 공부하는 사람들과 함께 쓰고 싶습니다."

그리고는 그것을 상자에 담아 서울 도성으로 돌아왔다.

때마침 중국에 사신으로 가게 되어, 육경六經, 사자四子[1],

『성리대전性理大全』,『좌전左傳』,『국어國語』,『사기史記』,
『문선文選』, 이백李白과 두보杜甫, 한유韓愈, 구양수歐陽修
의 문집, 사륙四六,『통감通鑑』등을 연경燕京 저잣거리에
서 사와서는, 노새에 실어 강릉부의 향교로 보냈다. 향교의
유생들은 자신들이 명삼 처리에 관한 논의에 참여하지 않
았다면서 사양하였다. 그래서 내가 경포호 옆의 별장으로
가서 집 하나를 비우고 그 책들을 보관하였다. 고을의 모
든 유생들이 함께 빌려서 읽고 싶으면 그곳으로 가서 읽은
후 다시 그곳에 보관하도록 하자는 것이었으니, 이공택李
公擇의 산방고사山房故事[2]와 같았다. 이로써 학문을 일으키
고 인재를 양성하려는 유인길 부사의 뜻을 거의 완성하는
셈이 되었으며, 의관과 문필을 갖춘 선비들로 하여금 줄지
어 빽빽이 서기를 옛날 번성했던 때와 같이 한다면 나 역

1) 사자四子 : 공자孔子, 증자曾子, 자사子思, 맹자孟子를 지칭하지
   만, 여기서는『논어』,『대학』,『중용』,『맹자』를 지칭하는 말.
2) 송나라 이상李常이 젊은 시절 여산廬山 오로봉五老峯 백석암白石
   庵에 거처하며 공부하다가, 그곳을 떠날 때 자신이 보던 구천 여
   권의 책을 남겨 두고 왔다. 그곳 사람들은 이상의 뜻을 존중하여
   그가 거처하던 집을 '이씨산방李氏山房'이라고 부르게 되었다. '공
   택'은 이상의 자字이다.

시 그 공적을 함께 가지는 것이니, 다행스럽지 않은가.

나는 세상에 곤액을 당하여 관직 생활은 오히려 쓸쓸하니 장차 벼슬을 버리고 영동으로 돌아가서 만 권 책 속에 좀벌레가 되어 남은 삶을 마치려 한다. 이 책을 보관하게 된 것 역시 나의 늘그막을 즐기는 게 되니 기뻐할 뿐이다. 모든 선비들은 이 책을 함에 넣고 좀약을 치고 햇볕을 잘 쫴어 잃어버리거나 훼손되는 일이 없도록 한다면 천기天氣를 보고 점을 치는 사람은 반드시 이렇게 말할 것이다.

"무지개 빛이 하늘을 찌르고 달을 꿰니, 마땅히 그 아래에는 기이한 서책이 있을 것이다."

삼가 기록한다. <卷6>

천하에 책벌레가 많고 많지만, 우리 나라에서 공식적으로 확인되는 책벌레로 허균을 따를 자가 그리 흔치는 않은 듯싶다. 자신이 읽은 책이나 들은 시구를 대부분 정확히 외울 정도로 기억력이 뛰어났던 허균은 견문 또한 넓었다.

어디에서 노닐든 그는 많은 책을 구해서 읽었다. 그러한 생애가 허균의 자유분방한 삶을 무늬 지었을는지도 모를 일이다.

어떤 사람은 그의 삶에서 이단의 위험을 감지하였고, 어떤 사람은 그의 생각 속에서 시대를 넘어서고자 하는 자유인으로서의 의지를 읽었으며, 어떤 사람은 그의 팔뚝에서 끊임없이 샘솟는 작의作意를 느꼈다. 생각의 힘을 허균에게서만큼 발견하는 것도 쉬운 일이 아니다.

또 하나, 이 글을 읽으면서 허균의 대단한 면모를 발견한다. 지식의 공유에 대한 생각이다. 지금처럼 책이 흔한 시절에도 자신이 저장한 지식의 보고를 쉽게 공개하려 들지 않는데, 책이 귀한 시절이었던 허균 당시에 이토록 많은 책을 공개된 장소에 보관함으로써 많은 사람들이 읽고 이용할 수 있도록 한 발상은 그야말로 공공도서관의 시초가 아닐까 싶다. 어쩌면 많은 사람들이 자기처럼 생각의 힘을 행동으로까지 밀고 나가게 하고 싶었으리라. 책벌레 허균에게서 지식인의 새로운 힘을 발견하게 된다.

이태백 귀신 이야기
愁歇院神詠仙贊記

내가 공산에 있을 때, 화공에게 열 분 신선의 모습을 그리게 하고 거기에 찬贊을 지어 이어 놓았다. 그 중에서 이태백을 찬한 구절에 이런 것이 있었다.

아득한 푸른 바다　　　　　萬里滄波
온 하늘에 밝은 달　　　　　一天明月

처음에는 이 구절의 경이로움을 깨닫지 못하였는데, 마침 향을 진상하러 서울에 올라가게 되어 화공을 재촉하여 표구를 해서는 상자 속에 넣어두고 다른 사람들에게 보이지 않게 했다.

서울에 도착한 지 열흘쯤 지나 돌아가는 길에 직산稷山 수헐원愁歇院에 이르렀다. 그곳 방백인 중군中軍 민인길閔仁佶 군과 은진교수恩津敎授 심우영沈友英 생生을 때맞춰 만났다. 때는 바야흐로 불볕더위라, 주막집 아래에서 맨발에 맨머리로 샘물을 길어 올려 손발을 씻었는데, 따라온 하인 셋이 우리를 시중 들었다. 동쪽에는 집이 하나 있었는데, 작고 낮은 담에 사람은 없는 듯했다. 그런데 느닷없이 방 안에서 내가 지은 이태백 찬의 구절을 읊는 것이었다. 그 소리는 빼어났고 정취는 아름다웠으며 아련히 이어져서 넓게 퍼지는 것이 시원하여 들을 만했다. 심생이 먼저 말했다.

"시 읊는 소리를 들었습니까?"

민군이 말했다.

"저도 들었습니다."

나는 이상스레 생각하면서 말했다.

"이것은 바로 제가 이태백을 찬한 구절입니다. 시구를 지은 지가 오래되지 않았고, 친구들에게 자랑한 적도 없었으니, 다른 사람이 어떻게 알겠습니까?"

제자 정생鄭生을 불러서 재빨리 따라가보게 했더니 문의 자물쇠는 굳게 잠겨 있었고 아무도 보이질 않았다는 것이다. 우리 세 사람은 괴이하게 여기면서 직접 낮은 담을 넘어 엿보았지만 과연 빈 집이었다. 단지 먼지 쌓인 책상과 몇 개의 깨진 옹기만이 벽에 기대 있었다. 주인은 어디 있느냐고 물으니 집이 빈 지가 이미 한 달이나 된단다.

아! 그것은 신선이었을까, 귀신이었을까? 만약 귀신이었다면 한낮에 시를 읊는 것은 마땅치 않고, 신선이었다면 습하고 좁고 누추한 땅이라 진실로 신선이 올 곳이 못된다. 나는 알 수 없었다. 심생이 말하였다.

"공公의 글이 이태백과 그 정신을 전한 것이었으니, 이는 바로 옛사람이 언급하지 못한 경지입니다. 이적선李謫仙의 신령이 기뻐 찾아와 읊음으로써 그 정성스런 모습을 보여주려는 뜻이 아니었을까요? 알 수 없는 일이긴 하지만 이 또한 그런 이치가 없다고는 말하지 못할 겁니다."

내가 말했다.

"이태백은 상선上仙입니다. 바야흐로 옥황상제가 있는 맑은 곳에서 노닐 터인데, 어찌 세상 사람들의 칭찬과 비방에 기뻐하고 슬퍼하며 저잣거리에서 자취를 얽어매어 속

된 귀에 신령스러움을 스스로 드러냈겠습니까? 이것은 반
드시 그렇지 않을 거요."

심생이 말했다.

"하늘과 사람은 그 법도를 같이 합니다. 스스로 감응하
여 통하는 이치가 있다면 공公의 한 구절이 위로 신선에게
이르러 삽시간에 숙연히 바람을 타고 공의 옆에서 파탈하
여 노닌다는 걸 어찌 알겠습니까? 하물며 공이 지으신 찬
贊 수백 편으로 신령이 유독 이것만을 읊조렸으니, 나는
그가 이태백이라는 사실을 의심치 않습니다."

내가 웃으며, "그렇겠구려." 하였다. 이 때문에 간독簡牘
에 기록하여 알아줄 사람을 기다리는 바이다. <卷6>

일상적 경험으로는 해명되지 않는 일이 의외로 많다. 오
히려 이성理性이 해명할 수 있는 우리의 일상은 극히 일부
분일 것이다. 인간이 살아가는 우주 자체가 거대한 신비로
싸여있지 않은가.

시를 쓴다는 것은 내 안의 거대한 심성이 외부 사물과

만나서 감응하는 그 순간을 글로 옮기는 작업이다. 그것은 일종의 접신接神과도 같아서, 그 미묘한 순간을 말로 표현할 수 없다. 오죽하면 옛사람들은 그것을 '시 귀신詩魔'에 들렸다고 말했겠는가. 삶의 모든 곡절이 시로 보이고 내뱉는 말마다 명구名句가 되는 경지, 그야말로 신 들린 듯이 글을 써나가는 경계를 말한다면 시공을 초월하여 위대한 문인들은 서로 교유하는 것이다.

허균은 문집 곳곳에서 이태백에 대한 존경을 표한 바 있다. 자유분방하면서도 거침없는 글쓰기는 상계의 신선이 잠시 내려온 듯하고 권력자에 대한 날카로운 비판의 예각은 어떤 역사가라도 쉽게 도달하지 못한다. 허균은 자신이 이태백의 초상을 걸어둠으로써 '이태백-되기'를 꿈꾸었을 것이다. 도선적道仙的 경향도, 세속적 예교에 걸리지 않는 것도, 한 번 붓을 들면 샘솟듯 솟아나는 시적 영감도, 모두 이태백의 경지에 도달하고 싶었을 것이다. 그러한 갈망이 더운 여름 날 냇가에서 탁족濯足하는 여가에 이처럼 두 사람의 우연한 만남을 주선한 것이 아닐까.

천하의 허균도 자신의 비일상적 경험이 별 설득력이 없다는 사실을 눈치챈 듯, 두 사람의 증인을 내세워 신이한

귀신 이야기를 한다. 그러나 아무러면 어떠랴, 이태백이 허
균이고 허균이 이미 이태백인 것을. 시공을 넘어 이렇게
옛사람과 벗하는 허균의 '상우尙友'는 벗에 대한 그이만의
독특한 시각을 그대로 반영하고 있다.

벼슬이 뭐길래

重修靜思菴記

  부안현 바닷가에 변산이 있는데, 산 남쪽에 골짜기가 있
으니 우반愚礬이라고 한다. 그곳 출신 부사 김청택金淸擇
공이 경치 좋은 곳을 가려 암자를 짓고 '정사'라고 이름하
였다. 노년에 즐기면서 쉴 장소로 쓰려한 것이다. 나는 일
찍이 공적인 일로 호남을 왕래한 적이 있었는데, 그 뛰어
난 경치를 익히 들었으나 본 적이 없었다. 나는 본디 세속
의 영화나 이익을 즐겨하질 않아서 매양 은거하려는 뜻은
있었으나 바라기만 할 뿐 아직 실현하질 못했다. 올해 공
주목사에서 파직되고 남쪽으로 돌아갈 것을 결심했다. 이
른 바 우반이라는 곳에 살 터를 잡으려 하니 김공의 아들

진사 등둥이 말했다. "제 선친의 보잘것 없는 오두막이 있지만 제가 지킬 수가 없으니, 원컨대 공께서 수리하셔서 지내십시오." 내가 그 말을 듣고 즐거워하면서 마침내 고달부 군 및 두 사람의 이씨와 함께 말고삐를 나란히 하고 가서 살펴보았다.

갯가로는 작은 길이 있어서 구불구불 골짜기로 든다. 반달 모양 패옥佩玉이 쟁쟁거리는 듯한 시냇물 소리는 졸졸졸 풀숲에서 쏟아져 내린다. 계곡을 따라 몇 리 채 못가서 산이 열리며 넓은 땅이 나온다. 좌우로는 솟아오른 봉우리가 봉황과 난새가 날개를 펴고 나는 듯하는 것을 헤아릴 수 없었고, 동쪽 산록으로 소나무와 회나무 만 그루가 하늘을 찌른다. 나와 세 사람은 곧바로 집터로 갔다. 동서로 세 개의 언덕이 있는데, 그 중 가장 널찍하게 얽힌 곳은 수백 그루의 대나무가 빽빽하게 푸르러 있어서, 여전히 집터라는 것을 구분해준다. 남쪽으로는 드넓은 바다를 바라보고 있는데 한가운데에 금수도가 있다. 서편으로는 울창한 숲 속에 서림사가 있는데 스님 몇 사람이 살고 있다. 계곡 동쪽으로 걸어 올라가서 오래된 당산나무를 지나가면 이른바 정사암이라는 곳에 다다른다. 암자는 겨우 네 칸으로,

벼랑 바위 가에 얽어놓았다. 앞으로는 맑은 못을 굽어보는데 세 봉우리가 우뚝하니 고갯마루를 마주하고 있으며, 나는 듯한 폭포가 푸른 절벽으로 쏟아져 내려서 흰 무지개가 계곡으로 물을 마시러 내려오기라도 한 듯 성대하다.

우리 네 사람은 머리를 풀어헤치고 옷을 벗고 못 가 바위 위에 걸터앉았다. 갈꽃은 막 피어나고 단풍잎은 반쯤 붉다. 저녁볕은 산봉우리에 걸리고 하늘 그림자는 물에 거꾸로 비친다. 천지를 굽어보고 우러르면서 휘파람 불고 시를 읊조리니, 어느 새 속세를 떠난 흥취에 젖어 신선이 삼신산에서 노니는 듯한 마음이 든다. 마음 속으로 몰래 생각해보면, 건강한 때에 벼슬을 그만두고 오래된 계획을 실행에 옮기게 되고, 또한 숨어서 깃들일 곳을 얻어 내 몸을 편안히 하는 것을 스스로 다행스럽게 여기니, 하늘도 보답해 주는 것이 또한 풍성하다고 여겨진다. 벼슬이란 게 무엇이관대 감히 사람을 조종한단 말인가. 고을 원님인 심덕현 군이 암자가 피폐해졌는데도 관리하는 사람이 없다면서 세 사람의 스님을 모으고 쌀과 소금 약간 섬을 보내주었으며, 재목을 벌채하여 그것을 수리하게 해 주고는 부역을 면제하는 조건으로 그곳에 살면서 관리하게 해 주었다. 암

자는 이 때문에 복구되었다 하겠다. <卷6>

　허균이 암행어사의 장계에 의해 파직된 것은 1608년 광해군이 즉위하던 해다. 허균으로서는 참담한 해였다. 과거 급제 동기생同年인 이이첨李爾瞻은 득세하기 시작했는데 자신은 파직되어 전라도 부안에 있는 정사암이라는 작은 암자로 은거하게 된 것이다.

　당시 허균은 파직과 복직을 거듭하고 있었던 터라 관직에 대한 감흥이 남달랐을 것이다. 이 글에서도 "벼슬이란 게 무엇이관대 감히 사람을 조종한단 말인가"라고 탄식을 하고 있다. 그 말 속에는 단순히 벼슬 때문에 사람으로서의 도리를 제대로 차리지 못한다는 일반적인 차원의 탄식 이외에, 자신의 벼슬이 하루 아침에 벗겨지고 보니 세상이 참 다르게 보인다는 뜻도 은근히 함축한다. 사실 벼슬살이란 것이 얼마나 바쁘고 조마조마한 생활인가. 우리가 보기에는 별반 바쁠 것도 없어 보이지만, 관료들의 일상은 공문서 처리에 여념이 없었다. 게다가 위아래 눈치 보랴, 새로운 문서 작성하랴, 정책 개발하랴, 윗사람들의 질문에 답변하랴, 매월 부과되는 시문을 지으랴 정말 정신없이 살아갔다.

바쁜 관료 생활에서 자의든 타의든 벗어나 보니 과거 자신의 삶이 얼마나 허망한 것인가를 새삼 깨닫는다. 예나 지금이나 바쁜 일상에서 벗어나면 제일 먼저 떠오르는 것이 조용한 자연 속으로 들어가서 유유자적하면서 '느림'의 미학을 느껴보는 것이다. 보잘 것 없는 작은 암자도 막상 내가 수리하고 살려는 마음을 먹는 순간 손이 많이 간다. 주변도 찬찬히 돌아본다. 예전에는 제대로 보이지 않던 작은 것들이 새삼 눈에 들어온다.

일상에서 벗어나 주변을 한 번쯤 돌아볼 일이다. 입에 올랐던 '바쁘다'는 말이 사라지고 어느 결엔가 마음의 여유가 생겨서 나의 삶을 윤택하게 할 것이다.

부귀영화의 허망함에 대하여

陶山朴氏山庄記

동대문 밖 40리에 도산이 있는데, 산 밑은 모두 비옥한 토지로 평성공平城公 박원종朴元宗 상국相國의 현손인 몽필夢弼이 거처하고 있다. 기유년, 내가 휴가를 얻어 동쪽으로 성묘를 하러 가다가 박씨의 집에 묵게 되었는데, 주인께서 너무 후하게 대접해 주었다. 주인이 말하였다.

"우리 선조는 평양공 이래로 모두 이곳에 묻히셨습니다. 7, 8대 동안 선영을 닦으니 빙 둘러 10리 밖은 모두 조상의 터전입니다. 태평 시절에는 수백 집이나 되는 인가가 모두 노비였는데, 전쟁을 겪은 뒤로는 달아나서 거의 없어지고, 경작하지 않는 밭이 열 가운데 아홉입니다. 저는 제사를 받들면서 겨우 수십 간 집을 수리하고 남은 종 서넛을 모아 이곳에서 산 지가 이제 일 년쯤 되었습니다."

그리고는 나를 끌고 집 뒤 언덕으로 올라갔는데, 예전의 못과 누대가 어지러이 무너져 있었고 가시덩굴이 무리 지어 났는데 무너진 담과 깨진 주춧돌이 상기도 거친 안개와 덩굴 들판 사이에 있었다. 그가 손가락으로 가리키면서 말했다.

"저 터는 사당이고, 안방이고, 저 곳은 편히 쉬던 방입니다. 저 땅은 활터요 곡식을 저장하던 창고며, 저 터는 손님들과 잔치하던 누각이고 음악을 즐기던 집입니다. 저 터는 격구하면서 말을 희롱하던 마당이고, 저 곳은 관리들과 서리들이 문안을 올리던 대청이지요."

내가 눈을 들어 이리저리 살펴보니 모두 호화스러운 옛 자취다. 아! 사람의 일이란 영원하기 어려운 것이어서 번성함과 쇠미함이 번갈아 바뀌는 법이다. 이것은 예부터 똑같은 것이니, 성인과 지혜로운 사람이라도 면할 수 없는 것이다.

평성공이 융성하던 시절 손수 해의 바퀴를 붙잡고 황도黃道에 올라 우리 땅 수천 리에 까치발로 걷고 부리로 탄식하는 자들로 하여금 도탄에서 벗어나게 하셨으니, 그 풍성한 공적과 위대한 업적이 진실로 종묘사직과 백성에게 있었다. 부귀영화는 그 수고로움에 대한 보답이었지만 그 또한 하고 싶은 것을 최대한 누리셨다. 누각과 건물은 그 몸을 편안히 하고 노래와 음악, 비단옷과 꽃이며 대나무로 귀와 눈을 즐겁게 한 것이라든지, 빈객과 벗, 문생과 옛 관료들은 문을 가득 메웠으며, 사방의 여러 지역에서 예물로 보내 주는 것은 한나라 곽광이나 장안세와 비교해도 손색이 없었다. 바야흐로 아름다운 여자를 옆에 끼고 좋은 음악을 들으며 새 날개 모양 술잔에 술을 마시고 생광스러운 춤 구경을 하던 시절, 어찌 백년 뒤 밭과 집은 황폐해지고 누각과 건물은 스러져 외롭게도 자손이 서민처럼 바뀌어 한 뙈기 집도 보전치 못할 줄을 알았겠는가?

부귀는 영원한 것이 아니요 영화로움도 믿을 게 못됨이 이와 같다. 오늘날의 군자들이 어찌 경계로 삼지 않겠는가. 권세로운 자리를 아끼고 임금의 총애와 이익을 그리워하지만 그 몸은 평성공과 같은 공적이 없이 그 분과 같은 즐거움을 누리고자 하면서 스스로 오래도록 그것을 보전하리라 생각하니 이 또한 어리석은 일이 아닌가. 주인이 이 말로

써 글을 지어 없어지지 않도록 해 달라고 부탁하기에 부질
없이 기록하여 그에게 주는 바이다. <卷6>

앞마을에 '아침못'이라는 아름다운 이름의 저수지가 있
다. 아침이면 저수지 앞 너른 들녘으로 희미하게 이내가
깔리고, 수면은 이제 막 떠오르는 햇살을 받아 부서지는
물결로 가득하다. 곧 희미한 이내는 걷힐 것이다. 몇 그루
버드나무가 오래된 풍경처럼 서 있고, 산책을 하는 것인지
한가롭게 오가는 사람들의 그림자가 아름답다.

그 광경과는 달리, 아침 못의 전설은 참 비극적이다. 못
된 시아버지가 탁발하던 스님의 바가지에 쇠똥을 담아주
고, 그것을 가련하게 여긴 며느리는 사죄를 하면서 곡식을
담아 준다. 고맙다면서 스님은 곧 있을 재난에 대비하여
피신하도록 예언을 하지만, 안타깝게도 며느리는 스님의
금기를 어기는 바람에 자신도 재앙을 맞이한다. 그렇게 크
던 부잣집은 어느새 넘실거리는 저수지로 변해 있었고, 사
람들은 부자가 살던 집터라고 하여 장자못이라고 불렀다는

것이다. 이런 전설이 아침 못에도 전한다. 우리 나라에서는 전국적으로 널리 분포되어 있는 '장자 못 전설' 유형에 속하는 설화다.

　생각해보면 우리의 한평생은 얼마나 허망하게 스러지는가. 영원히 꺼지지 않을 것만 같던 생명의 불꽃은 다 타버린 촛불마냥 힘없이 허공에 흩어진다. 돌아보면 왜 저렇게 아둥바둥 살아왔던가 하는 마음이 든다. 순식간에 인생 백년은 흐르고, 우리의 흔적은 시간 속에 가뭇없이 묻힌다. 부귀영화를 위해 분주했던 나날은, 그것이 분주했던 만큼의 무게로 우리를 누른다. 허망한 날은 가고, 이 땅에는 잡초 무성한 빈터만이 남아 살아있는 우리를 일깨운다. 비록 우리가 그 의미를 제대로 알아차리지 못할지라도.

네 친구 이야기

四友齋記

집의 이름을 '사우'라고 지은 것은 무엇 때문인가. 허자許子(허균 자신을 지칭함)가 벗하는 이가 셋이 있는데, 허자 자신을 거기에 넣어서 모두 넷이 되었다. 세 사람은 누구인가? 오늘날의 선비가 아니라 옛사람이다. 허자의 성품은 세사世事에 성글고 허황되어서 세상과 합치되지 아니하니, 사람들이 떼를 지어 욕하고 배척한다. 문에는 찾아오는 사람 없고 밖에 나가도 함께 갈 사람이 없으니, 한숨을 쉬며 말하였다.

"붕우란 오륜 중의 하나인데 나만 유독 빠졌다. 어찌 매우 부끄러운 일이 아니겠는가?"

나는 물러나 이렇게 생각했다.

"온 세상 사람들이 나를 비리하다면서 교제하질 않으니 내가 어디 가서 벗을 구하겠는가? 어차피 그럴 수 없다면 옛 사람 중에서 교유할 만한 사람을 선택해서 그를 벗으로 삼으면 되겠다."

내가 가장 사랑하는 분은 진晋나라 처사 도연명陶淵明 씨다. 그 분은 여유롭고 고요하며 드넓은 정신 경계를 가지고 있어서, 세상 일 때문에 마음을 쓰지 않고 가난함을 편안히 여기고 천성을 즐긴다. 천지조화를 타고 아득한 도의 세계로 돌아가니 맑은 풍모와 드높은 절의는 아득하여 따라 올라갈 수 없다. 나는 그 분을 매우 사모하기는 하지만 그 경지에 이를 수는 없다.

그 다음은 당나라 한림 이태백 씨다. 그 분은 시속을 뛰어넘어 호방하며 빼어나신 분이니 온 천지를 좁다고 여기며 총애를 받는 존귀한 사람들을 개미 보듯 하찮게 여긴다. 스스로 산수간에서 마음껏 노니니, 내가 부러워하여 그 경지에 이르고 싶어하는 바이다.

또 그 다음은 송나라 학사 소자첨(소동파) 씨다. 그 분은 텅 비고 드넓은 심회로 다른 사람과 경계를 다투지 않으시니, 현명하거나 어리석거나 귀하거나 천하거나를 막론하고 모두 즐거운 모양으로 그와 함께 하여 유하혜柳下惠의 화광동진和光同塵의 풍모가 있다. 나는 그 분을 본받고 싶지만 능력이 되질 않는다.

세 분의 문장은 천고에 빛나지만 내가 보기에는 모두 부차적인 일이었다. 그러므로 내가 취하는 점은 전자에 있지 후자에 있는 것이 아니다. 만약 이 세 분 군자를 벗으로 삼는다면 어찌 꼭 세상 사람들과 소매를 나란히 하고 어깨를 맞대며 들떠서 귓속말이나 하는 것을 스스로 벗을 사귀는 도리라고 여기겠는가?

내가 이정에게 세 분 군자의 모습을 그리게 하고는, 이 초상에 찬을 지어 한석봉에게 해서로 써 달라고 하였다. 그리고는 매양 머무르곤 하는 곳에 반드시 좌석 오른편에 걸어두니, 세 군자는 엄연히 서로 마주하여 세속의 권위나 형식을 벗어나 함께 담소를 나누는 듯하다. 아련히 기척소리를 듣는 듯하니 딱히 쓸쓸한 거처에서 지내는 괴로움을 모를 정도다. 그런 연후에 나는 비로소 오륜을 갖추게 외었으며, 더욱이 다른 사람과 교유하는 것을 즐기지 않게 되었다.

네 친구 이야기

아! 나는 진실로 문장을 못하니 세 분 군자의 부차적인 일조차도 능하지 못하며, 성품 또한 느긋하고 솔직한데다 너무 범용하여 그 사람됨을 감히 바라볼 수 없다. 오직 공경히 사모하여 벗하고자 하는 정성만으로 신명을 감동시킬 수 있기 때문에 그 세상에 나아가고 물러난 자취가 저도 몰래 서로 합치된다. 도연명 선생은 팽택에서 80일 동안 수령을 지내고 관직을 벗었고, 나는 세 번이나 2천석 봉록을 받는 높은 벼슬을 지내면서도 임기를 채우지 못하고 문득 쫓겨났다. 이적선(태백)은 심양과 야랑으로 쫓겨갔고 소동파 공은 대옥과 황강으로 쫓겨갔다. 이 분들은 모두 어진 분들의 불행이지만 나는 죄를 지어 형틀에 묶여 곤장을 맞은 뒤에 남쪽으로 귀양을 갔으니, 이는 아마도 조물주가 장난하느라고 곤액을 똑같이 하면서도 부여해 준 재능과 성품은 갑자기 옮겨질 수 없는 것이어서가 아닐까?

하늘의 복福을 받아 전원으로 돌아갈 것이 허락된다면, 관동 지역은 나의 옛 터전이라, 그 경물과 풍광이 시상산이나 채석강에 서로 견줄 만하고, 백성은 성실하고 땅은 비옥하여 이 또한 중국의 상숙현과 양선현보다 못하지 않다. 마땅히 세 분 군자를 받들고 감호 가에서 옛날 초야 시절의 신세로 돌아간다면 이 어찌 인간 세상의 즐거운 일이 아니겠는가. 저 세 분 군자가 아신다면 이 또한 즐겁고 장쾌한 일로 여기실 것이다.

내가 우거하는 집은 한적하고 외져서 찾아오는 사람도 없는 데다가 뜨락엔 오동나무가 그늘을 드리우고 대숲과 야매野梅가 집 뒤란으로 줄지어 심어져 있다. 그윽하고 고요함을 즐기면서 북쪽 들창에 세 분의 초상을 펼쳐놓고 분향하면서 읍을 한다. 그리고는 편액을 '사우재'라고 이름하고, 그 연유를 위와 같이 기록해 둔다. 신해년 봄 사일社日에 쓰다. <卷6>

사실 나 같았어도 허균의 성격에 맞추어 잘 지내기 어려웠을 것이다. 세상의 예교禮敎를 아무렇지도 않게 벗어나는가 하면 생각지도 못하는 기발한 아이디어로 세상 사람들을 놀라게 한다. 불교에 빠져서 스님처럼 살아가는가 하면 어느 새 신선술에 탐닉하여 땅 위의 신선처럼 왕래한다. 장례를 치르는 동안에 기생 불러 질탕하게 노는가 하면,

관아 안에 불상을 놓고 염불을 한다. 도대체 그의 행동은 전혀 예측이 안된다. 그러니 어느 누가 그와 벗을 하겠는 가.

그럼에도 불구하고 허균은 벗에 대해 참 새로운 생각을 하게 한다. 굳이 여기서 벗을 구할 건 뭐란 말인가. 옛 사람을 벗으로 삼는다면 모두가 해결된다. 내가 좋아하는 사람들만 모아놓고 즐길 수도 있고, 내가 외롭고 지쳐 있을 때 언제나 내 곁에서 나를 위로해 줄 수 있다. 벗 사이에 이익이 개재할 틈이 없다. 내가 그들을 버리지 않는 한 벗 사이에 믿음을 져버리는 일 또한 없다.

허균이 벗으로 삼은 사람들은 천하에 문장으로 이름 높 았으되 그 재능을 펼칠 기회를 제대로 얻지 못한 불우한 인물들이다. 그렇다고 언제나 불평만 하던 인물은 더더욱 아니다. 재주를 인정받으면 받는 대로, 받지 못하면 받지 못하는 대로 그렇게 살았던 분들이다. 게다가 그 고결한 정신과 절의는 천고에 드리워져 있다. 사람들에게 경박하 다는 평가를 받으며 따돌림을 당하던 허균은, 자기를 몰라 주는 속인들이 야속했을 것이다. 도연명, 이태백, 소동파 등을 존경스럽게 모시겠다던 허균의 마음 속에는 자신도 그들과 같은 반열에 슬쩍 올려놓으면서 벗으로 자임하고 있다. 세상을 저 아래에 놓고 오만한 눈길을 보내는 허균의 태도가 여실히 느껴진다.

사실 나는 이 글에서 허균이 너무 투덜대는 것은 아닌가 하는 생각이 든다. 세상에 없는 세 분 군자를 찾을 건 또 뭔가. 자신을 위해 명필을 휘둘러 글씨를 써주는 한석봉이 있고, 그림을 그려주는 이정이 있다. 옆에 있는 벗을 보지 못하고 어찌 중국의 옛 인물들을 찾는단 말인가.

오히려 나는 이렇게 네 명의 벗을 꼽아 천하를 오유傲遊하고 싶다. 명필 한석봉, 명화공 이정, 명시인 허균, 책벌레 김풍기.

화가 이징
題李澄畵帖後

이징은 종실宗室인 학림정鶴林正 이경윤李慶胤의 서자다.
그 아버지와 숙부는 모두 그림을 이해하였기 때문에 이징
은 그 학문을 대대로 계승하여 마침내 스스로 명가가 되었
다. 산수도나 인물화 외에도 무릇 영모도, 죽수도, 초충화
훼도를 모두 그 법식에 맞게 그리니 사람들은 어렵게 여기
는 것이었다. 나옹懶翁 이정李楨이 죽자 그가 우리 나라의
최고 화가가 되었다. 내가 이징에게 여러 모양의 그림을
작은 화첩에 그리게 했는데, 아이 씻는 두 여인 그림을 마
지막으로 하여 꾸몄더니 사람들은 이정의 그림에 미치지
못한다고 하였다. 그렇지만 자세히 보면 풍성한 살결과 아

름다운 웃음이 그 아리따운 모습을 극진히 하여 너무도 핍진하여 놀랄 지경이었으니 정말 오묘한 작품이었다. 나는 그 그림을 오래 펴놓고 싶지 않으니, 그것을 오래 펴놓으면 잠자리를 설칠까 두려워서이다. <卷13>

　이징(1581~?)의 호는 허주虛舟로, 서자 출신의 화원이다. 병자호란 이후 그림 좋아하던 인조가 이징을 옆에 두고 매일 그림을 그리니, 나라가 어지러운 때에 이렇게 그림 장난이나 하면 되겠느냐며 신하들의 간언을 들었다는 일화가 전한다. 허균은 그와 친해서 그림을 여러 폭 얻었던 모양이다. 지금도 이징의 그림이라고 하면서 전하는 것이 있기는 하지만 정확치는 않은 듯하다.

　허균이 언급한 것처럼, 이징은 대체로 법식에 맞게 그림을 그리는 사람으로 정평이 나 있었다. 그림 솜씨는 좋지만 독창성은 떨어진다는 뜻일 터이다. 이징이 이정보다 못하다는 평가 역시 같은 맥락일 것이다. 그의 그림을 여러 폭 이어서 화첩을 꾸몄는데, 마지막 그림이 아이를 씻겨주는 두 여인을 그린 것이었다. 이 작품만은 '묘품妙品'이라고 평가하고 있다.

사실 그림의 내용으로 봐서는 자주 마주치는 일상을 포착해서 작품화한 것일 터이다. 이 그림에서 허균은 이징이 얼마나 섬세하고 핍진한 묘사를 하는가에 초점을 맞춘다. 여인들의 웃음과 풍만한 살결, 교태로운 태도가 너무도 그럴듯해서, 방에 걸어두면 오히려 잠자리에 방해가 될 정도로 묘사가 뛰어나다는 것이다. 이 정도라면 그의 작품이 법시에만 얽매여 있다는 평가를 하기가 어려우리라는 것이 허균의 생각이다.

제3부

독서론讀書論(문장론)

글이란 무엇인가

文說

어떤 사람이 나에게 물었다.

"이 시대에 고문에 능하다고 말하는 사람들은 반드시 그대를 최고라고 합니다. 제가 보기에 그 문장은 비록 드넓어 끝이 없지만 대체로 일상어를 사용하고 문장은 글자를 따라 차례대로 만들어지더군요. 그걸 읽어보면 마치 입을 열 때 목구멍이 보이는 것처럼 이해하냐 이해하지 못하냐를 막론하고 문득 걸리는 데가 없었습니다. 고문에 종사하는 사람들은 과연 이와 같은지요?"

내가 말했다.

"이게 고문이지요. 그대가 보는 바 『서경』 우하虞夏의 전모典謨나 상商의 훈訓, 주周의 태서泰誓, 무성武成, 홍범洪範 등의 글은 모두 문장으로는 지극한 것들입니다만, 이 또한 문장을 갈고리질하고 구절마다 가시를 쳐서 험벽한 수사로 공교함을 다투는 것들이 있던가요? 공자께서는 '글이란 전달하는 것일 뿐'이라고 말씀하셨습니다. 옛날에 글이란 것은 상하의 마음을 통하게 하고 그 도道를 실어서 전하게 하였기 때문에 명백하고 바르고 컸으며, 간곡히 타이르고 말하여 듣는 사람으로 하여금 가리키는 뜻을 환히 알게 하였습니다. 이것이 글의 쓰임입니다. 삼대三代의 육경六經 및 성인의 글과 저 황제와 노자를 비롯한 제자백가서의 말은 모두 그 도를 논한 것이기 때문에 그 글은 쉽게 알 수 있고 문장은 절로 고아古雅하였습니다. 후세로 내려올수록 문장과 도는 둘이 되어 비로소 문장을 갈고리질하고 구절에 가시를 달아서 험벽한 수사와 교묘한 말로 그 공교함을 다투게 되었으니, 이는 문장의 재앙이지 지극한 경지가 아닙니다. 내 비록 노둔하긴 하지만 그런 글을 쓰기를 원하지 않습니다. 그러므로 글은 전달하는 것을 위주로 하여 평이한 것으로 문장을 쓰는 것일 뿐입니다."

그 사람이 말했다.

"그렇지 않습니다. 당신은 좌구명左丘明, 장자, 사마천, 반고 및 근대의 한유, 구양수, 소동파와 같은 분들을 보셨습니까? 그 문장 어디에 일찍이 일상어를 사용했던가요? 하물며 당신의 문장은 옛것을 기준으로 삼지 않고 도도한 흐름과 풍성한 표현을 일삼으니, 질리게 하는 데에 흐르지 않습니까?"

내가 말했다.

"그 분들의 문장 역시 일상어와 무엇이 다르단 말입니까? 제가 보건대, 간결한 듯, 웅혼한 듯, 싶은 듯, 분방한 듯, 기굴한 듯하지만, 대체로 당대의 일상어를 변주시켜 우아하고 참된 것으로 만들었으니, 이른바 쇠를 담금질해서 황금을 만드는 격이었습니다. 후세에 오늘날의 문장을 본다면 우리가 예전 그분들 문장을 보듯 하리라는 것을 어찌 알겠습니까? 하물며 도도하고 무성한 것은 바로 크게 되고자 한 것이고 옛날의 문장을 기준으로 삼지 않은 것 또한 홀로 우뚝 서고 싶어한 것인데, 어찌 질리는 바가 있겠습니까? 당신은 저 여러 사람들의 문장을 자세히 보셨습니까? 좌구명은 스스로 좌구명이고, 장자는 스스로 장자이며, 사마천과 반고는 스스로 사마천과 반고이며, 한유·유종원·구양수·소식은 스스로 한유·유종원·구양수·소식이어서, 서로 본뜨거나 답습하지 않고 제각기 일가를 이루었습니다. 제가 바라는 바는 이런 것을 배우고자 하는 것입니다. 다른 사람의 집 아래에 집을 짓듯이 남의 문장을 본뜨기나 하고 다른 이들의 문장을 답습하고 표절한다는 비난을 받을까 부끄러워합니다."

그가 말했다.

"그대의 문장은 이미 평이하고 편리한 것에 흘러서 이른바 옛것을 법도로 삼는다는 것을 어디서 구해야 합니까?"

내가 말했다.

"마땅히 편법篇法과 장법章法, 자법字法에서 구해야 하겠지요. 글 한 편을 구성하는 방법에는 하나의 뜻을 단번에 내려가게 한 곳도 있고, 갈고리로 걸어 연결시키거나 자물쇠로 잠가놓는 것도 있으며, 마디마디마다 마음 속의 정을 만들어 내는 곳도 있고, 펼쳐서 서술하다가 냉정한 말로 결론을 짓는 것도 있으며, 자세하고 번쇄하게 하면서도 법도가 있는 것도 있겠지요. 장章을 구성하는 법에는 반듯반듯하여 헝클어지지 않는 것도 있고, 뒤섞였지만 잡스럽지 않은 것도 있으며, 끊어진 듯하지만 앞부분을 이어서 뒷부분을 동여매주는 것도 있으며, 쓸데없이 너무 긴 것도 있고 너무 짧은 것도 있으며, 말을 하되 끝내지 않은 것도 있습니다. 글자에는 소리가 울리는 것도 있고, 글의 형세를 바꾸는 것도 있고, 복선을 함축하고 있는 것도 있고, 수습하는 것도 있으며, 중첩되었으되 어지럽지 않은 것도 있으며, 강하지만 억지로 하지 않는 것도 있으며, 끌어당기되 힘을 허비하지 않는 것도 있고, 열고 닫는 것, 부르는 것도 있습니다. 글자가 밝지 않으면 구절이 우아하지 않게 되며, 장章이 안온하지 못하면 뜻을 읽어내지 못하게 되지요. 두 가지가 갖추어져야 이에 편篇을 완성할 수 있습니다. 제 문장은 다만 이것을 깨달은 것뿐이며, 옛날의 문장 역시 이것을 행하였을 뿐입니다. 오늘날 이른바 이해한다는 사람도 또한 반드시 이것을 엿보았다 할 수 없는데, 하물며 이해하지 못한 사람이겠습니까?"

그가 말했다. "저는 이 경지에 이르지 못한 것 같군요."

<卷12>

글이란 무엇인가

글쓰는 사람이라면 누구나 표현에 대한 고민이 있다. 단어 선택부터 글의 짜임과 내용에 이르기까지 표현에 대한 고민의 흔적은 곳곳에 스며있다. 좋은 시구詩句를 마련해 두고, 거기에 들어가는 마땅한 글자 하나를 생각해내지 못해 고민하다가 수십 년이 지나서 우연히 채워 넣게 되었다는 이야기가 옛 기록에 더러 보인다. 그러고 보면 고금을 막론하고 적절한 표현을 찾기 위한 고민은 글쓰는 사람을 괴롭히는 큰 적군 중의 하나다.

어떤 사람이든 자신의 생각을 전달하기만 하면 된다. 허균의 이야기도 여기서 출발한다. 옛날의 뛰어난 글들이 모두 생각을 전달하기만 했을 뿐 거기에 어떤 인위적인 수식을 덧붙이지 않았다는 이야기는 표현의 일차적 목표가 전달에 있음을 강조하는 말이다. 그렇지만 이렇게만 이야기하는 것만으로는 모든 문제가 해결되지 않는다. 전달하기만 하는 글을 쓰는 것이야 누구나 인정하는 것이지만, 표현이란 그 다음 단계의 것이다. 어떻게 표현해야 잘 전달할 수 있는 것인가 하는 문제가 대두한다.

조선 중기는 고문古文에 대한 관심이 매우 높았던 시기다. 당시 윤근수尹根壽, 최립崔岦 등을 비롯하여 많은 고문가들이 창작과 이론을 놓고 고민했다. 허균 역시 그런 분위기 속에서 고문에 대한 새로운 모색을 적극적으로 하였다. 이들의 고문론古文論은 다분히 중국의 영향 아래 놓여 있는 것으로 보인다. 허균 역시 중국의 동향에 매우 민감한 촉수를 드리우고 있었고, 창작의 중요한 계기로 작용하기도 하였다. 이 글 역시 그같은 고민이 반영되어 있다.

좋은 글에 대한 꿈이야 누군들 없으랴만, 그 꿈에 대한 집착이 강하면 강할수록 인위적 수사修辭에 대한 경도 또한 급하게 된다. 자연스럽게 쓰려고 꿈꾸는 일이 오히려 부자연스러운 글쓰기에 이른다는 사실은 시사하는 바가 크다. 그렇게 보자면 우리의 일상어를 가장 자연스럽게 글속에 이용하는 것이 얼마나 대단한 능력인가를 알게 된다.

글이란 나의 일상과는 떨어진 어떤 것이라고 생각한 탓에 근대 이전의 문장가들에게 일상어의 사용은 부정적인 것이었다. 생활 속에서 사용되는 단어나 문장, 표현의 경우 우아하고 세련된 글쓰기를 해치는 요소로 이해되기 일쑤다.

사설시조가 일상어의 과감한 도입을 통해 시조의 새로운 지평을 열었고, 조선 후기 민요풍의 한시가 일상어의 사용을 통해 새로운 경향을 형성하였다는 점을 감안한다면 사실 일상어에 대한 문학적 주목은 새롭게 평가할 만하다. 역대 고문이 애초부터 고문으로 지어진 것이 아니라 모두 창작 당시의 일상어였다는 주장은 허균에게서만 보이는 독특한 논리는 아니다. 그러나 허균은 일상어의 문학언어화를 제기하면서 자신의 글쓰기가 단순히 장식적인 차원에서 이루어지는 것이 아니라 삶과의 일치 속에서 모색되고 있음을 드러낸다. 그런 점에서 허균의 논의는 새롭게 평가되어야 한다는 것이다.

수많은 글쓰기가 횡행하는 이 시대에도 여전히 허균의 문제 의식은 유효하다. 장식적인 것에서 벗어나 나의 삶을 그대로 드러내거나 다루는 글쓰기, 그러나 지나치게 비속하고 경박한 문체의 횡행을 방기하는 것에서 벗어나 삶의 질을 높이는 우아한 글쓰기는 항상 우리 모색의 안테나 속에 포착되어 있어야만 하는 것이 아닐까.

시를 모름지기 이렇게 써야 한다

詩辨

　오늘날 시는 뛰어난 것으로 한위육조漢魏六朝 시대의 작품이고, 다음으로는 당나라 개천開天 대력大曆 시기의 작품을 말하며 가장 낮은 것으로는 바로 소동파와 진사도의 작품을 말하면서, 모두들 스스로 그 지위를 빼앗았노라고 말하니, 이는 망령된 것이다. 그 말과 뜻을 엮어 모아 모방이나 하고 표절이나 하여 스스로를 자랑하는 것에 불과하니, 어찌 시의 도를 말할 수 있겠는가.

　『시경』 삼백 편은 스스로 『시경』 삼백 편이고, 한나라 시는 스스로 한나라 시이며, 위진육조도 스스로 위진육조이며, 당나라 시도 스스로 당나라 시이며, 소동파와 진사도

(송나라 때의 시인. 강서시파江西詩派의 중요 인물) 역시 그들 스스로 소동파와 진사도이니, 어찌 그들이 서로 모방하여 하나의 규칙에서 나왔겠는가. 대개 스스로 일가를 이룬 뒤에 바야흐로 지극하다고 말할 수 있다. 간혹 본떠서 지은 작품이 있긴 하지만 이 또한 시험삼아 그렇게 지어서 하나의 체體를 갖춘 것이지 항상 그런 것은 아니었다. 남의 발밑에서 살아가는 사람은 호걸이 아니다.

그렇다면 시는 어떻게 해야 지극한 경지에 이를 수 있는가.

흥취에 앞서 뜻을 세워야 하며 격조를 이차적인 것으로 하고 말을 엮어야 한다. 구절이 살아있고 글자가 원만하며 소리는 밝고 절주는 긴장감 있어야 한다. 제재를 얻어서 그것을 잘 얽되 올바른 위치를 범해서는 안되며, 외적인 모습을 드러내는 묘사[色相]를 붙여서는 안된다. 그것을 두드리면 쟁쟁 쇳소리가 나는 듯해야 하고, 거기에 나아가면 현란한 무늬를 보듯 해야 하며, 그것을 누르면 깊은 물속에 침잠하듯 해야 하고, 그것을 높이 올리면 솟구쳐 뛰어오르듯 해야 한다. 닫는 것은 우아하면서도 힘차게 해야 하고, 여는 것은 곳곳으로 퍼져나가듯 해야 하며, 그것을 놓으면 흘러 넘치듯 하고, 고무시키면 쇠를 금과 같이 사용하며 썩은 것을 신선한 것으로 만들어야 한다.

평담平澹함이 천박하고 속된 것에 흐르지 않아야 하고 기이하면서도 예스러운 것이 괴벽怪癖함에 가까워서는 안 된다. 형상을 읊되 사물에 빠져서 휘둘리면 안되고, 내용을 펼치되 성률聲律에 병들어서도 안된다. 아름다운 묘사는 이치를 손상해서는 안되며 논의를 할 때면 표면적인 것에 매몰되어서도 안된다. 비흥比興이 깊은 것은 사물의 이치에 통하고 남의 글을 정교하게 용사用事한 것은 마치 자기의 독창적인 표현처럼 해야 한다. 품격이 완성된 작품에서 보여 혼연渾然히 흠잡을 데가 없고 기운이 말 밖에 흘러나와 호연浩然히 굽힐 수 없어야 한다.

이러한 조건을 모두 갖추어 작품을 써낸다면 가히 '시詩'라고 말할 수 있을 것이다. 한위 시대 이래의 여러 어른들은 모두 이러한 점을 깨달아 힘써 지키신 분들이다. 그렇지 않으면 한나라는 비록 한나라의 종종걸음에 위나라의 걸음걸이, 육조시대의 맥에 당나라의 말과 행동, 소동파와 진사도를 마부로 삼아 수레를 달린다 해도 스스로 자기의 더러움을 드러내는 것일 뿐이니, 아! 틀린 것이로다.

<卷12>

시를 모름지기 이렇게 써야 한다

나를 가장 나답게 표현하는 것이 글쓰기의 목표라면, 개성을 강조하는 허균의 시론이야말로 목표를 선명하게 드러낸 논의다. 글 잘 쓰는 사람 중에 기이한 행실을 보이는 사람이 많은 것은 아마도 자신의 개성을 기존의 형식에 담기가 불가능하다는 판단에서 비롯하는 것이 아닐까 싶다.

　당나라 시가 모범이라고 모든 사람이 인정하는 시대에, 오직 자신만이 판단 기준이 된다고 주장하는 허균의 글에서 오만하지만 자신만만한 시인의 눈빛을 접한다. 내 속에 갖추어진 것이 튼실하다면 그 외의 시적 장치들이야 한갓 부수적인 물건일 뿐이다. 이 경지를 위해 그는 수많은 책을 읽고 좋은 글을 베끼고 위대한 문인의 글을 익히고 엄청난 양의 습작을 했다. 험한 길을 힘들게 걸어온 나그네의 발길이 무거워보여도, 여전히 그의 눈빛은 형형하다. 그 눈빛을 등대 삼아 시의 나라로 들어가야 할 일이다.

구양수와 소동파의 글을 엮고 나서

歐蘇文略跋

　　구양수歐陽修와 소동파蘇東坡는 송나라 시대의 대 문장
가다. 풍신이 힘차고 아름다우며 뜻과 생각이 감개하면서
도 어여쁘기 그지없는 구양수의 글은 옛사람에게는 없었던
것이다. 마치 베틀북을 자유자재로 휘두르는 듯 변화가 무
궁하여 사람들이 그 오묘함을 측량하지 못하는 소동파의
문장 또한 천 년 이래 뛰어난 절창이다. 그러나 요즘 선진
先秦과 전한前漢 시대의 글을 종주로 삼는 사람들은 구양
수와 소동파를 천박하게 여겨서 배우지 않으니, 이는 도저
히 말할 거리가 되지 않는다.

　　문장에는 제각각 맛이 있다. 어떤 사람이 궁궐의 주방에

서 잘 저민 고기와 표범의 태, 곰 발바닥 등을 맛보고는 스스로 천하의 진미를 모두 경험했다고 여기면서 마침내는 메기장과 차기장, 회와 구운 고기를 버려두어 그것을 먹지 않는다고 하자. 이와 같이 한다면 굶어죽지 않는 사람은 거의 드물 것이다. 이것이 선진과 성한盛漢 시대의 문장을 종주로 삼고 구양수와 소동파를 경박하게 여기는 사람과 어찌 다르겠는가.

왕원미王元美가 만년에 소동파의 글을 읽기를 좋아했고, 녹문鹿門 모곤茅坤은 평생토록 구양수가 한유보다 뛰어나다고 추숭했으니, 이 두 분은 남을 속이는 사람이 아니다. 오로지 한 가지 문장만을 모두 읽기만 한다면 배가 너무 불러서 못 쓰게 문드러질 것이다. 그러므로 내가 구양수의 문장 68편, 소동파의 문장 72편 중에서 그 간결하면서도 절실한 것을 취하여 『문략』이라고 명명하였으니, 모두 8권이다. 때때로 읽어서 문장 쓰는 법을 얻는 바이다. <卷13>

내가 글다운 글을 쓰려면 아무래도 이전의 뛰어난 문장

가를 사숙해야 한다. 맹장 밑에 약졸 없는 법, 좋은 문장가는 언제나 좋은 스승을 늘 곁에 모시고 살아간다. 많은 글을 읽다보면 나도 모르는 사이에 그이의 영향을 받게 된다. 그 영향은 때로 자신을 괴롭히기도 하지만, 그 경지를 넘어서서 새로운 글쓰기의 장으로 나아가는 계기를 제공하기도 한다.

사람들은 자기 시대에 모범으로 칭찬 받는 작품을 통해서 글쓰기를 익힌다. 중세의 글쓰기는 관습적인 측면이 강했고, 특히 한문은 정해진 글자에 자신의 생각을 담아야 했으므로 효율적인 의사 전달을 위해서는 표현 자체가 관습적인 부면을 강화할 수밖에 없었다. 그러니 시를 쓸 때는 어떤 시인을 선호하고, 문장을 쓸 때는 어떤 문장가를 본받아야 하는지를 신중하게 논의해야 한다.

조선 중기에 문장을 쓰는 사람들은 '문장이란 모름지기 선진先秦과 양한兩漢 시대의 작품을 모델로 삼아야 한다'고 생각했다. 한 시대의 흐름이란 자기도 모르게 휩쓸리도록 하는 힘이 있는 법인데, 허균은 그 상황을 한 걸음 떨어져서 관찰하고 있다.

그렇기는 하지만 허균도 나름대로 문장 공부의 기준을

163

구양수와 소동파의 글을 엮고 나서

제시하는 의미를 가진다.「구소문략」이라고 하는 책을 엮은 이면에는 그의 문장이 지향하는 도달점을 보여주려는 의도가 개재해 있다. 이러한 글쓰기가 그의 고문론의 핵심을 이루었을 터이다. 척독으로 대표되는 허균의 소품문이 빼어난 성취를 보인 것도 모두 이같은 기반이 있었기 때문이다. 게다가 허균 다음 세대인 김창협金昌協이 맹렬히 비난했던 명나라 문장가들 중에서 왕원미나 모곤이 하나의 모범으로 제시되고 있는 걸 보면, 허균의 글이 중국의 성과를 매우 강하게 받아들여 자기화했음을 짐작할 수 있다.

허균의 글에서 더러 보이는 것 중의 하나가 바로 문장을 음식에 비유하는 방식이다. 이는 이미 앞세대 문장가 성현成俔에게서 그대로 나타난 것이기는 하지만, 허균은 그것을 더욱 적극적으로 활용한다. 성현聖賢의 말씀을 기록한 경서經書가 밥에 해당한다면, 제자백가서나 소품문, 수많은 시문들은 일종의 반찬에 해당할 것이다. 사람마다 입맛이 다르듯 선호하는 문장 역시 다른 법, 그렇다면 나의 기준에 맞지 않는다고 다른 사람의 기준을 비난한다는 것은 불합리한 일이다. 나의 취향이 중요하듯이 다른 사람의 취향도 존중되어야 한다면, 그 다양성이 만들어내는 문화의 층

위와 깊이는 새삼 달라질 것이다.

개성의 이름으로 모든 것을 획일화하려는 요즘 시대에, 다양한 입맛을 개발하고 즐기려는 사람들이 그리워지는 것은 당연한 일일 것이다. 개성의 이름으로 모든 것을 획일화하는 거대한 자본의 시대를 살아가는 우리에게 허균은 정말 색다른 인물임에 틀림없다.

허균의 독서 노트
'讀' 중에서 몇 편

　내가 부령에서 일이 없었다. 때마침 제자백가전서를 얻어 그것을 버릇처럼 읽었다. 내가 얻은 것을 풀어서 각 제자서諸子書 뒤에 글을 붙였으니, 이는 감히 나의 비루한 견해를 내세우려는 것이 아니라 애오라지 내 더러움을 드러내는 것일 뿐이다.

1. 노자老子

　『노자』에 장章을 나눈 것이 누구로부터 비롯되었는지 모르겠다. 그러나 그 뜻은 본래 끊지 않으려는 것이었는데 억지로 끊은 곳이 있으니, 특히 잘못되었다. 다만 그 전편을 읽어야만 비로소 뜻이 통할 것이다. 세상에서는 노자를 육경六經에 넣을 수 있다고 말한다. 그런데 큰 도를 논의한 것에 이르면 현묘하고 은미하여 깊은 의미를 측량할 수 없는 점이 있다. 이는 『주역』이나 『중용』에서도 말하지 못한 점인데 여기서 집어내어 말을 하였지만, 노자는 그것을 어렵게 여겨 육경과 나란히 하고 싶어하지 않았기 때문이다. 아! 신묘하기도 하여라.

후세에 그 무리들이 그의 학문을 온전히 바꾸어서, 수련修煉, 복식服食, 부록符籙, 재초齋醮 등의 술법으로 흐르게 하였으니, 괴이하면서도 허탄하여 바르지 못하게 되어 세상을 미혹하게 하고 사람들을 속인 것이 많다. 이 무리들을 비방하는 자들이 노자까지 한꺼번에 비방하게 되었으니, 이 어찌 노자의 청정한 본 뜻이었겠는가. 그 문장은 올바르고 그 뜻은 전할 만하다. 도를 논하는 데 이르면 천도의 핵심을 곧바로 논파했으니, 나는 그 심오한 의미를 포착할 수가 없다. 마치 용과 같다고나 할까.

2. 장자莊子

나는 어려서부터 『장자』를 읽었지만 의미를 알지 못하고 다만 글의 무늬만을 찾고 문장을 따서 글쓰는 방법으로 삼을 뿐이었다. 중년 시절에 다시 읽었는데 넓고 빼어난 뜻과 재주가 황홀하여 측량할 수 없을 것 같았다. 진실로 이미 장자의 우언을 좋아하였으며, 죽음과 삶을 하나로 여기고 얻음과 잃음을 똑같이 여기는 것을 귀하게 여길 만하였다. 지금 보니 명리名利 탐내는 마음 없이 고요하며 맑고 청정하여 인위적인 것이 없으니, 은연 중에 불교와 서로 합치된다. 다만 그 잘못되어 도에서 아득히 멀고 황당무계한 표현 때문에 도에 맞는 올바른 말이 되지 못한다. 그러므로 표면적인 것만 읽어서 그 단서를 알 수 없다. 그 가운데 안자顔子의 좌망坐忘 부분은 유가가 힘껏 비방하지만 『예기』에는 "앉는 것은 재계齋戒하듯이 하고 서 있는 것은 시동尸童처럼 할 것이니, 안자는 하루 종일 어리석은 사람과 같았다[1]"고 하였으니, 이것과 좌망은 무엇이 다르단 말

---

1) 앞부분은 예기에 나오지만 뒷부분은 논어에 나오는 말이다.

인가? 이 또한 말은 길게 늘어놓은 것일 뿐 거짓된 말은 아니다. 또한 "주공과 공자를 비방하였다"고 하는 것은 그릇된 것이 아니다. 노담은 그 스승인데 진실秦失이 조문한 일을 빌려서 그를 비방하였으니, 이 방법은 조롱하고 기괴한 말 잘하는 구태일 뿐이지 진실한 비방은 아니다. 『장자』「천하」편 제일 첫머리에 유가를 말한 데서 그가 주공과 공자를 존숭했음을 알 수 있다.

3. 상자商子

상앙이 처음에는 왕도王道와 패도覇道로써 진왕에게 유세했지만 효공은 돌아보질 않았다. 부국강병책으로 유세하자 그 앞에 자리를 펴고 듣기를 게을리하지 않았다. 상앙의 학문은 본래 왕도나 패도가 아니었고 다만 부국강병 분야에 우수한 점이 있었을 뿐이다. 처음에 왕도와 패도로 유세한 것은 곧 자신의 말을 꾸미려 했던 것이지만, 끝내 그 우수한 점을 펼쳐내어 진나라 왕의 마음에 적중시켰다. 『상자』라는 책의 문장은 너무 힘차고 굳세어 이 또한 선진 시대의 글쓰기이지만, 억지로 자기합리화를 하는 점이 많은 듯싶다. 「개색開塞」편에서 말한 것처럼 간사한 자를 고발한 사람에게 상을 내리는 것은 그 자신이 평생토록 받아들여 사용했던 방법인데 대체로 그 때문에 죽음을 당했으니 잘 순환된 천도天道로 보면 당연한 일이다.

후세 군자들이 걸핏하면 곧 왕도를 말하면서 관중管仲, 상앙을 비천하게 여기는데, 그 공효를 상고해보면 도리어 이들에게 미치지 못한다. 아! 어떻게 하면 상자商子의 방법을 사용하여 나라를 부유케 하고 군사력을 강하게 하여 폭력적인 전쟁을 막아낼 수 있을까.

4. 한비자韓非子

선진 시대 제자諸子의 문장은 노자와 장자를 제외하면 논지가 뒤섞였거나 내용이 어려워 의미가 잘 와 닿지 않거나 혹은 지리멸렬하기도 한데, 유독 한비자의 문장은 바르고 아름답고 핵심을 명확히 전달하고 있다. 비슷한 일을 이어서 쓰거나 비유하는 것이라든지 사정에 절실한 것을 문장으로 논의하는 데에 있어서는 진실로 대가라 하겠다. 그의 「세난說難」편과 「팔간八奸」편은 더욱 좋다. 그 문장에 있어서 열고 닫는 것, 누르고 치올리는 것, 달리고 꺾이고 부러지고 도는 곳을 한 번 보면 은연 중에 후세에 글을 쓰는 자들이 자물쇠를 걸어 잠그고 문장을 맺는 단서로 삼을 만하다. 고문의 본바탕은 여기에 이르러 변화에 응하는 모책이 있게 되었다. 그의 논변하는 방법은 대개 상앙商鞅과 신불해申不害에서 나온 것으로, 엄격하고 각박함이 지나치다.

5. 양자揚子

순경荀卿은 스스로 자신의 학문을 대단하게 여겼으나 그 지혜는 사유화함으로써 제자諸子들보다 뛰어나고자 하였다. 양웅은 스스로 자신의 학문을 천하게 여겼고 그 지혜를 비천하게 여김으로써 성인에 합치되고자 하였다. 그러므로 이 분은 모두 지식인들에게 배척 당했으나 그들이 도를 알지 못했다는 점에서는 똑같다. 양웅은 『논어』를 본떠서 『법언法言』을 지었고, 『역』을 본떠서 『태현太玄』을 지었다. 자기의 학문은 성인에 미치지 못하고 자신의 지혜는 제자諸子에 미치지 못하여 따로 말을 세워 경전을 쓸 수 없다고 생각했기 때문에, 두 권의 책을 지어 성인에 합치되고자 하였으니 그 뜻이 비루하다 하겠다. 어렵고 깊은 말을 사용한 것은 얕고 쉬운 학설을 수식하기 위해서였으나, 어려우면 어려울수록 더 쉽고 깊으면 깊을수록 더 얕으며 툭 트이게 하려 하면 할수록 더 막혀서, 그 졸렬함을 가릴 수 없다.

가령 양웅에게 이런 것을 쓰지 않게 하고 다만 부賦로 세상에 이름을 날리게 했더라면 사람들은 그의 행적에 대해 이러쿵저러쿵 논의하지 않았을 것이다. 도리어 마음과 힘을 다하여 유학의 방법에 합치되기를 구하다가 끝내는 왕망王莽 밑에서 대부大夫 벼슬을 지내서 배척당하는 일을 면치 못했으니, 그 까닭이 있는 것이구나! 그러나 양웅의 과실은 고루한 것에 있고 순경의 잘못은 스스로를 헤아리지 않았던 것에 있으니, 고루할지언정 어두워서는 안 될 일이다.

6. 문중자文仲子

왕통王通의 책은 육조 시대 이후에 나왔으므로 그 글은

힘이 없고 예스럽지 않다. 그의 「속시續詩」, 「원경元經」, 「중론中論」은 「시경」, 「춘추」, 「논어」를 본떠서 지었는데, 논의한 바는 모두 왕도王道에서 나왔기 때문에 옛사람 중에는 이것을 육경의 노예라고 한 경우도 있었다. 노예는 진실로 천하지만 진실로 성인의 노예가 되기만 한다면 또한 성인의 문과 담장을 엿볼 수 있을 것이다. 경전을 떠나고 도를 배반하여 스스로 헤아리지 못하는 잘못에 빠진 경우와는 그 차이가 현격하다. <卷13>

글을 읽으면 독후감을 써야 했던 시절이 있었다. 중학교 때였다. 시골에서 책을 구하기는 힘든 일이었는데, 다행스럽게도 학교 도서관에서는 매일 점심 시간을 이용해서 책을 대출해 주는 일을 했었다. 국어 선생님으로서는 참으로 귀찮은 일이었음에 틀림없지만, 우리에게는 가뭄에 단비와 같은 것이었다. 나는 일주일에 거의 두세 권을 읽었으니 도서관의 단골 중에서도 큰 단골이었다. 당시 유행하던 위인전기를 비롯하여 국내외 명작 소설, 수필 등 청탁을 가리지 않고 손에 잡히는 것이면 무엇이든 읽어치웠다. 그 시절의 왕성한 독서욕을 나는 여태 회복해 본 적이 없다.

문제는 책을 읽은 다음이었다. 책을 빌려보면 그 사이에는 어김없이 독후감 용지가 끼워져 있었다. 저자와 제목, 줄거리와 느낀 점 등을 간단히 적는 용지였다. 책을 반납할 때면 그것을 채워서 제출하는 것은 물론이었다. 독후감 중에서 한 편을 선정하여 한 달에 한 번씩 상을 주었는데, 한 번도 수상을 한 적이 없는 걸 보면 나도 어지간히 글쓰는 재주가 없었던 모양이다. 아니면 독후감 쓰기를 그리 달갑게 여기지 않았던 것일 게다. 기껏해야 줄거리를 요약한 후 그 책에서 기억나는 몇 줄 내용으로 감상이랍시고 끄적거렸을 터이니, 그게 온전한 독후감이었을 리 만무다.

옛 사람들의 글을 읽으면서 나는 이따금씩 그들의 박학함에 놀란다. 언제 어느 시간에 이토록 많은 책을 읽고 메모를 해 두었던가 싶다. 읽는 것이야 그렇다 쳐도 여러 책들을 섭렵한 후 그들을 비교해서 관심사를 논증하거나 비판적으로 정리하는 걸 보면 더욱 놀랍다. 사실 읽기는 쉬워도 쓰기는 어려운 법 아닌가.

'독讀'이라고 하는 문체는 문집에서 거의 보이지 않는

것이다. '독'은 책을 읽다가 우연히 떠오른 자신의 생각을 간략하게 적어두는, 일종의 비망록과 같은 성격의 글이다. '발跋'과 출발점을 같이 하지만, 후일 '발'이 책이나 그림, 시문 등 넓은 범위에서 이용되었던 반면 '독'은 주로 책을 읽고 간략하게 써놓은 독후감의 성격으로 한정된 문체의 종류다. 우리 나라 문인들의 문집에서는 쉽게 발견되지 않는 문체를 이용한 것에서도, 우리는 허균의 책벌레적 성향을 유감없이 발견한다.

'독'에 들어 있는 글들은 책을 읽은 후 그것을 비판적 혹은 깊은 눈으로 다루고 있다. 정말 진지한 독후감인 셈이다. 그의 글읽기가 어떻게 실천의 문제와 연결되는지 그 단초를 보여주기까지 한다.

책이 쏟아져 나오는 우리 시대, 나는 얼마나 꼼꼼한 책 읽기를 하고 있는지 생각해 볼 일이다. 아니다, 적어도 우리는 쏟아져 나오는 책들을 챙길 여유나 가지고 살아가는지를 생각해보아야 할지도 모르겠다.

제4부

논설論說

배움이란 무엇인가

學論

옛날 배우는 사람들은 오직 자기 자신만을 잘 건사하려고 했던 것만은 아니다. 대개 이치를 궁구하여 천하의 변화에 응하며 도를 밝힘으로써 미래의 학문을 열어 젖혀서, 천하 후세 사람으로 하여금 우리의 배움이 높여야 할 만한 것임을 밝히 알도록 하여 도의 맥통이 나를 의지하여 떨어지지 않도록 하려 했던 것이다. 이것이 선비로서 가장 먼저 해야 할 일이니, 그 뜻이 어찌 공변되지 않았겠는가? 요즘 이른 바 배운다는 사람들은 자신의 배움이 높일 만한 것이 되게 하는 것도 아니고 또한 자기 자신만을 잘 건사하는 것도 아니다. 입과 귀로 엮어서 주워 모으고 밖으로는 말과 행동을 꾸미는 데 지나지 않는데도 스스로는 '내가 도를 밝힌다'는 둥 '내가 이치를 궁구한다'는 둥 자화자찬해서 당대에 사람들의 이목을 현혹시키니, 그 끝을 연구해 본다면 이름을 드날리는 것을 비정상적으로 얻을 뿐이다. 본성을 높이고 도를 전하는 실질에서는 휘둥그레하면서 본 것이 없는 듯하니, 그 뜻은 사사로운 것이다. 이야말로 공과 사의 구분이요 진짜와 가짜의 판별이다. 어찌하여 수십 년이래 말하는 사람들은 '아무개는 학자요, 아무개는 진정한 유자儒者다'라고 하면서 망령되이 서로 추어주고 자랑하기에 겨를이 없는 것일까. 이 또한 미혹되다.

대개 이른바 진정한 유자가 세상에 등용되면 요순堯舜 시절의 다스림과 우禹, 탕湯, 문왕文王, 무왕武王의 공적이 일에 나타나는 것이 이와 같다. 등용되지 못한다면 공자와 맹자의 가르침, 송나라 대유학자 주돈이周敦頤, 정호程顥, 정이程頤, 주희朱熹의 학설이 책에 수록되어 있는 것이 이와 같아서, 비록 천만 년을 지나도 이의를 제기하는 사람이 아무도 없으니, 이는 다름이 아니라 그 뜻이 공변되기 때문이다.

오늘날의 거짓된 유자들은 헛되고 근거 없는 이야기를

하면서 걸핏하면 이윤과 부열, 주공과 공자의 사업으로 스스로를 기약한다. 그러나 그들이 등용됨에 이르면 손과 발을 둘 곳을 잃어버리고 일을 그르쳐 스스로 수습할 수 없게 되니, 당대 사람들은 비웃고 후세 사람들은 의론한다. 조금 교활한 자들은 이와 같은 점을 미리 헤아리고는 그 이름을 그르칠까 두려워하기 때문에 문득 세상에 나오지 않고 자신의 졸렬함을 감춘다. 이 또한 다름이 아니라 그 뜻이 사사롭기 때문이다. 아! 거짓이 진실을 어지럽혀서 한 번 이 지경에 이르면 마침내 임금으로 하여금 도학에 싫증을 내게 하고 쓸모가 없다고 여기게 하니 이는 거짓되고 사사로운 자들의 죄다. 이 어찌 진정한 유자들이 그렇게 만든 것이겠는가.

우리 나라에서 이른바 도학을 하는 선비는 재앙을 받거나 종국에는 자기 공부를 펼쳐내지 못한다. 모르긴 해도, 당시 윗자리에 있던 분이 과연 그 도를 써서 실행할 수 있었다면 큰 공적은 옛사람에 비견되고 이 세상은 요순 시대와 같은 태평성대를 이루게 할 수 있지 않았을까? 국론이 둘로 갈리면서부터 사사로운 논의가 너무 번성해져서, 이것으로 저것을 비방하거나 갑을 높이면서 을을 배척하여 어지럽게 터지고 갈라져서 그 옳고 그름을 정하지 못한다. 이는 모두 듣고 보는 것을 사사로이 해서 그렇게 되지 않은 것이 없다. 그러니 무엇을 탓하겠는가. 지난번 이른바 다섯 어진 분들을 향교의 문묘文廟에 위패를 봉안하였는데, 의론하는 자들이 "다섯 분 외에는 배향할 수 없다"고 하니 이는 너무도 가소로운 일이다. 어진 분들이 어찌 숫자가 정해져서 꼭 다섯 분이라야 한단 말인가. 그렇다면 후세에 비록 공자나 안자와 같은 학자가 있다 해도 또한 배향할 수 없다는 것인가? 공자孔子나 안자顔子 같은 분들의 탄생은 점칠 수 없는 일이다.

또한 야은冶隱 길재吉再의 충성으로 직접 우탁과 정몽주의 학통을 전해 받았고, 화담 서경덕이 뛰어난 경지를 스스로 터득한 것, 율곡 이이의 밝은 마음과 근원을 대저 어찌 두터움이 적어서 취할 만한 것이 없다면서 대략이나마 논의조차 하지 않을 수 있단 말인가. 어떤 사람은 그들을 헐뜯기도 하는데, 이 또한 사사로이 그들을 해치는 것이다. 만약 한훤당 김굉필과 일두 정여창이 불행히도 백 년 뒤에 태어났다면 헐뜯음을 당하지 않으리라는 것을 어떻게 보장한단 말인가. 또한 율곡으로 하여금 다행히도 백 년 전에 태어나게 했다면 존숭하고 숭상하지 않았으리라고 누가 보장할 수 있겠는가. 이는 공평치 못한 뜻으로 자신의 귀에 언제나 들리는 것만을 귀하게 여기는 것에서 비롯한 것이다. 임금이 진실로 공과 사의 분별을 명확히 한다면 진위를 알기에 어렵지 않을 것이다. 이미 공과 사, 참과 거짓을 분변했다면 반드시 이치를 궁구하고 도를 밝히는 사람들이 나와서 그것을 행하였을 터이다. 바깥이나 꾸미는 자들은 감히 자신의 계략을 팔아먹지 못하고 모두 순연히 거짓됨을 제거할 것이며, 나라의 큰 시비거리도 또한 이를 따라 정해질 것이다. 그렇다면 그 기틀은 어디에 있는가? 바로 임금 한 몸에 있으며, 또한 '그 마음을 바로 한다'는 것에서 벗어나지 않을 따름이다. <卷11>

사실 공부길에 들어선 사람으로서 언제나 가슴 한쪽에 찜찜한 그림자로 남아있는 것은, 나의 공부가 어떤 쓰임새를 가지는가 하는 물음이다. 딱히 쓰임새가 아니라도 좋다. 나는 뭐하러 공부를 하고 있는가 하는 질문을 스스로에게

배움이란 무엇인가

던질 때마다 형언 못할 답답함이 숨어있다. 그러나 일종의 원칙이랄까, 기본 전제랄 것을 든다면 아마 공부와 실천의 일치라고 하겠다.

허균의 삶을 보면서 그의 왕성한 독서 편력과 함께 거기서 받아들인 사유를 적극적으로 실험해 보고자 했다는 인상을 지울 수 없다. 공부란 모름지기 개인적인 사유물이 되어서는 안된다는 허균 생각의 근저에는 「학론學論」이 전제되어 있다. '공부해서 남 주냐?'가 아니라 '공부해서 남 주자!'를 주창하는 것이다. 지식의 독점을 통해 인간은 사회적 권력을 강화한다. 지식의 공유는, 이미 견고한 구속으로 작용하고 있는 사회적 권력을 해체하고 나아가 새로운 관계를 만들어 나가자는 하나의 모색이다. 물론 거기에는 '무소유 정신'이 바탕 되어야 한다. 나를 비우고 세계와 만날 때 비로소 세계는 본래 면목으로 내게 다가오는 것처럼, 나를 비우고 지식을 대할 때 비로소 지식은 그 혜택을 모든 생명에게 골고루 펼쳐낸다.

조선 시대 선비들에게 소원이 무어냐고 물으면 두 가지로 대답을 했다 한다. 살아서는 대과大科에 급제하는 것이고, 죽어서는 문묘文廟에 배향되는 것이라고 말이다. 그들

에게 과거 급제, 그것도 대과에 급제하는 것이야말로 개인
의 영광이자 가문의 영광이었다. 그것은 동시에 경제적 풍
성함을 동반하는 것이었으므로 누구나 원하는 것이었다.
문묘는 공자를 비롯하여 많은 중국의 현인들의 위패를 모
셨으며, 동국십팔현東國十八賢으로 일컬어지는 우리 나라
위대한 유학자 18명의 위패를 모셔 놓은 곳이다. 봄 가을
로 조선의 모든 유생들이 제사를 지내면서 그들의 학덕을
칭송한다. 이 땅의 선비들이라면 영원히 자신을 위해 봄
가을로 추모해주는 향교의 석전제釋奠祭에 어찌 마음이 동
하지 않았겠는가.

그러나 이러한 소망은 때때로 개인적 욕망을 동반하기
마련이다. 어떤 인물을 문묘에 배향할 것인가를 두고 많은
논쟁이 있었다. 허균은 그 논쟁 역시 사적인 것인가 공적
인 것인가를 따져야 한다고 말한다.

어떻든 공부의 도道는 모든 사람들을 위해 추구되어야
하고, 그 요체는 나 자신의 마음을 바로 하는 것이라는 말
속에서, 우리는 지금 내가 하고 있는 공부를 다시 한 번 되
돌아보게 된다. 내 공부는 과연 나의 마음을 바로 잡는가,
내 공부는 과연 공유될 수 있는 성질의 것인가, 내 공부는

배움이란 무엇인가

과연 사람들의 마음을 바꾸고 나아가 세계를 바꾸는 강한 실천력을 내포한 것인가. 수많은 정보가 부유하고, 지식의 단편들이 쌓여있는 지금, 이런 질문들을 다시 한 번 던져보며 내 공부를 점검한다.

공정한 인재 등용

遺才論

　나라를 다스리는 사람과 하늘이 내려준 직분을 함께 다
스리는 사람은 재능 있는 이가 아니면 안된다. 하늘이 인
재를 낼 때에는 원래 한 시대의 쓰임을 위하여 그를 세상
에 낸다. 귀한 집안 사람이라고 해서 천부적 재능을 풍부
하게 하는 것도 아니고, 비루한 출신이라고 해서 그 천품
을 인색하게 주는 것도 아니다. 그러므로 옛 선현들은 그
러한 점을 명확히 알았다. 어떤 사람은 초야에서 구하였고,
어떤 사람은 군대에서 발탁하였으며, 어떤 사람은 항복하
여 포로로 잡힌 패망한 장수에게서 뽑았으며, 어떤 사람은
도적에서, 어떤 사람은 창고지기에서 뽑았다. 그를 등용하

는 사람은 모두 그 마땅한 곳에 맞추었고 등용되는 사람 역시 자신의 재능을 제각기 펼쳤으니, 나라는 이로써 복을 입어 다스림은 날로 융성하였으니, 이 방도를 썼기 때문이다. 이 커다란 천하로도 인재를 혹여 놓칠까 염려하여 전전긍긍 자리에 누워서도 생각하고 밥상에 기대서도 탄식하였다. 그런데 어찌하여 산림초택에 보배를 품고 팔지 못하는 사람들이 이리도 많으며 낮은 관직에 머물러 있는 영재로 끝내 자신의 포부를 시험할 수 없는 자가 또한 많이 있는가. 그러니 인재를 모두 얻기도 어렵지만 그들을 등용하기란 더욱 어렵다는 말을 믿게된다.

우리 나라는 땅이 좁고 인재가 드물게 나와서 대개 예전부터 그것을 근심하였다. 우리 조선에 들어와서는 사람을 등용하는 길이 더욱 좁아져서, 대대로 명문이거나 벌족이 아니면 높은 벼슬에 통하질 못하니, 산림에 은거하고 있는 선비들은 비록 기이한 재주가 있어도 억눌려서 등용되지 못한다. 과거 시험을 통해서 나오지 않으면 높은 지위에 오를 수 없으니, 비록 덕이 무성하여 드러난 사람이라 해도 끝내 재상에 오르지 못한다. 하늘이 재능을 부여한 것은 균등하지만, 명문세족과 과거를 가지고 한정을 하니 인재가 모자

란다는 점을 언제나 병으로 여긴다는 것은 당연한 일이다.

예부터 지금까지 시대는 멀고 오래되었으며 천하가 넓지만 서얼 출신이라서 그 현명함을 버리고, 그 어미가 개가를 했다고 해서 그 재주를 쓰지 않는다는 것은 들어본 적이 없다. 우리 나라는 그렇지 못하여, 어미가 천하거나 개가를 한 집안의 자손이면 모두 벼슬길에 끼지 못한다. 보잘것없는 작은 나라로 두 오랑캐 나라 사이에 끼어 있으면서 오히려 인재가 우리를 위해 등용되지 못할까 근심해도 간혹 일을 구제할 수 있을지 점칠 수 없다. 그러한 길을 스스로 막아놓고 탄식하기를, "인재가 없군, 인재가 없어!"라고 한다. 이는 남쪽 끝에 있는 월나라를 향해 가면서 북쪽으로 수레를 향하는 것과 무엇이 다르겠는가. 이는 이웃 나라에 소문이 들리도록 해서는 안될 일이다. 평범한 필부들이 원한을 품으면 하늘이 그들을 위해 무언가 느끼어 마음 아파하는 것인데, 하물며 원망하는 사내와 홀어미가 나라의 반을 차지하는데 조화로운 기운을 이루고자 하는 것은 또한 어려운 일이다.

옛날의 현명한 인재들은 미천한 계층에서 많이 나왔다. 그 시대에 지금 우리의 법을 쓰게 했다면 송나라 최고의 재상 범중엄范仲淹은 재상을 지내지 못했을 것이고, 송나

공정한 인재 등용

라 때의 진관陳瓘이나 반양귀潘良貴는 강직한 충언을 하는
신하가 되지 못했을 것이며, 제나라 때의 명장 사마양저司
馬穰苴나 한나라 때의 위청衛靑은 뛰어난 장수가 되지 못
했을 것이고, 후한 때의 왕부王符의 문장은 끝내 세상에 드
러나지 않았을지도 모르겠다. 하늘이 만들었는데 사람이
그를 버린다면 이는 하늘을 거스르는 짓이다. 하늘을 거스
르고도 오래 살기를 하늘에 비는 사람은 없었다. 나라를
다스리는 사람이 하늘의 뜻을 받들어 행한다면 아름다운
천명이 또한 계속 이어질 수 있을 것이다. <卷11>

　인재를 선발하는 근저에는 인간에 대한 따뜻한 시선과
애정의 손길이 전제되어 있어야만 한다. 그렇게 될 때에
비로소 인간의 밖에서 그를 규정하고 있는 무수한 관계의
그물을 벗어나 알몸의 인간을 직접 대면할 수 있을 것이다.
그것은 다른 한편으로 개인적 욕망에서 자유로워야 한다는
것을 말하는 것이기도 하다. 선발하는 사람이나 응시하는
사람이 모두 개인의 욕망이나 이익에서 한 걸음 떨어질 때

비로소 그 직책이 의도하는 원래의 목적에 근접할 수 있기 때문이다. 혈연, 지연, 학연 등 기타 무수한 조건들은 그의 능력을 평가하는 부차적인 조건이라야 한다.

허균은 어렸을 때부터 선발될 기회를 애초에 봉쇄 당한 무수한 인재들을 보았다. 스승 이달이 그랬고, 절친한 친구 이재영이 그랬으며, 장생蔣生이나 장산인張山人이 그러했다. 이들은 서얼이라는 이유로, 세상의 법도에 어긋나는 삶을 살아간다는 이유로, 혹은 이러저러한 이유로 배제되었다. 인간의 욕망과 이익의 관계 속에서 이들이 자신의 재능을 펼칠 수 있는 공간은 애초에 배려되지 않았다.

허균이 「유재론」에서 하늘의 뜻을 받들어 행하는 것이 나라 다스리는 사람의 책임이라고 주장한 것은, 바로 인간을 하늘이 부여한 본성에 의거해서 판단할 뿐 그 외의 조건을 부차적인 것으로 돌려야 한다는 강력한 메시지다. 그렇게 할 때에 비로소 하늘이 인간을 세상에 나게 한 의도를 온전히 실현할 수 있으며, 하늘이 낸 인재를 버리지 않는 최선의 길이라는 것이다.

인간 세상이 만들어내는 관계의 그물 때문에 버려지는 인재가 없는 아름다운 세상은 과연 존재하지 않는 것일까?

소인배들의 행태

小人論

요즘 나라에는 소인도 없고 군자도 없다. 소인이 없는
것은 나라의 다행이지만 군자가 없다면 어찌 나라일 수 있
겠는가. 아니다, 그렇지 않다. 군자가 없기 때문에 소인도
없다. 만약 나라에 군자가 있게 한다면 소인도 감히 그 자
취를 숨길 수 없게 될 것이다. 대저 군자와 소인은 마치 음
과 양, 낮과 밤의 관계와 같다. 음이 있으면 반드시 양이
있고, 낮이 있으면 반드시 밤이 있으니, 군자가 있으면 반
드시 소인이 있다. 요순 시절에도 그러했으니, 하물며 후세
에 있어서랴.

대개 군자는 올바르고 소인은 삿되며, 군자는 옳지만 소

인은 그르며, 군자는 공변되지만 소인은 사사롭다. 위에 있는 사람이 삿됨과 올바름, 옳음과 그름, 공과 사의 분변으로 살핀다면 저 소인들이 어찌 감히 그 마음을 숨기겠는가.

요즘 이른바 군자와 소인이라는 것은 크게 서로 동떨어짐이 없으니, 자기와 같은 편이면 모두 군자가 되고 다른 편이면 모두 소인이 된다. 저들이 다르면 삿되다고 여겨 배척하고, 이들이 같으면 올바르다고 여겨 추켜세운다. 옳은 것은 자신들이 옳다고 여기는 바이고 그른 것은 자신들이 그르다고 여기는 바이다. 이는 모두 공적인 것이 사적인 것을 이길 수 없어서 그렇게 된 것이다.

진실로 대인 군자로서 학문과 실천, 재능과 학식이 한 시대의 표상이 될 만한 분들로 하여금 벼슬길에 나아와 윗자리에 계시도록 하여 뭇 관료들을 고무 격려하도록 하고, 신분이 높은 대부로 하여금 모두 올바름을 지키고 공변됨을 받들어 옳고 그름의 구분을 명확히 하는 것을 알게 한다면 한 시대의 나쁜 무리들이 장차 면모를 바꿀 틈이 없을 것이니, 어찌 감히 사분오열하여 요즘처럼 함부로 날뛰며 멋대로 하겠는가. 그렇다면 나쁜 무리들의 해악은 소인들이 조정을 멋대로 휘두르는 것보다 심한 것이 분명하다.

소인배들의 행태

나라가 소인들을 미워하는 것은 그들이 나라를 병들게 하고 백성들을 해롭게 하는 것을 미워함이다. 지금 나라에 해가 되고 백성들을 병들게 하는 자들이 권력 있는 간교한 무리들의 집권을 기다리지 않고도 이같은 지경에 이르렀으니, 이는 모두 사사로운 뜻으로 일을 마구 시행하여 권력이 한 곳에서 나오지 않아 기강은 이미 무너져 다시는 진흥되지 않기 때문이다.

　대개 이른바 권간(권력을 가진 간교한 무리)이라는 것도 있다. 김안로가 일찍이 그것을 농단했고 윤원형이 일찍이 그것을 멋대로 했다. 요즘 최영경도 전횡하고자 한다. 그들은 스스로에게 이익이 되게 하면서 자기와 다른 이들을 배척한다는 점에서는 모두 같은 방식이다. 그러나 나라의 법도에 이르러서는 태연했으니, 이는 다름이 아니라 권력이 한 곳에서 나온 탓에 권력을 전횡하던 사람이 물러나면 곧바로 옛날처럼 회복하였기 때문이다. 지금은 그렇지 않아서, 권력이 나오는 곳이 여러 군데인데다가 스스로를 이롭게 하고 자신과 다른 사람을 배척하는 것은 사람마다 모두 옳게 여긴다. 그런 것을 내치려고 한다면 이루 다 내칠 수가 없고, 나라의 기강은 끝내 수습될 방도가 없다.

아! 어찌하면 소인들이 나라를 마음대로 전횡하도록 하다가 그들이 세력을 펼칠 때 쳐서 제거할 수 있을 것인가. 또한 어찌하면 대인군자들이 나와서 그들을 교화하여 나쁜 무리들을 흩어버릴 것인가. 그러므로 이렇게 말한다.

"요즘 나라에는 소인도 없고 군자도 없다."

아니면 이렇게 말해보자. 옛날 이른바 소인이라는 것은 그 배움이 자신들의 변설辯說을 돕기에 충분했으며 그들의 행실은 세상을 속이기에 충분했으며, 그 재주는 변화에 응하기에 충분했다. 그래서 그들이 윗자리에 있으면 사람들은 그 마음을 추측하지 못하여 하고자 하는 바를 행하기에 충분했다. 그들이 군자와 다른 점은 단지 공과 사라고 하는 터럭만한 정도의 아주 작은 차이뿐이었지만, 그 재앙은 오히려 참혹했다. 하물며 재능과 행실, 학문과 학식이 없이 다만 관직을 좋아하는 것만을 욕심내어 요직을 찾아 이리저리 몰려다니며 개떼와 같이 된다. 구차스러운 태도를 가진 자들이 조정에 가득 넘친다면 그 재앙이 끝내 어떠하겠는가. 그러므로 이렇게 말한다.

"나쁜 무리들의 폐해는 소인들이 조정을 휘두르는 것보다 심하다는 점은 명백하다." <卷11>

『논어』를 읽으면서 제일 가슴에 와닿는 단어는 '향원鄕原'이었다. 한 지역에 살면서 남들에게 그리 큰 흠을 잡히지 않고, 딱히 잘못을 지적하려고 보면 큰 잘못을 저지르는 일도 없다. 점잖아서 예의에 그리 벗어나는 일도 없으며, 공부도 그런대로 하는 편이다. 그러나 진리를 향한 열정은 약하고, 덕을 쌓기 위한 노력도 하지 않는다. 하기는 하되 온힘을 기울이지 않는다. 이런 사람을 향원이라고 하였다. 공자는 이런 사람이야말로 덕德을 해치는 적이라고 신랄하게 비난한 바 있다.

차라리 소인배로서의 면모를 분명히 보인다면 누구나 그것을 경계 삼아 감계를 하련만, 향원으로 살아가는 사람들은 누구에게나 무난하게 보이기 때문에 오히려 경계로 삼지 않고 오히려 뜻을 같이 하는 선비로 착각하게 한다는 것이다. 요즘 우리 주위에 열심히 살아간다고 자부하는 사람들을 보면 향원에 속하는 사람들이 꽤 된다. 그들은 세상을 개혁하려는 시도와 진리를 추구하는 자세를 가진 것처럼 보이지만, 자세히 들여다보면 그것은 하나의 몸짓일 뿐 진실한 마음으로 그런 것에 몰두하지 않는다. 그러니 진실로 그 길에 나서려는 수많은 사람들을 막는 결과를 가져온다.

군자와 소인이 하나의 단어로 거론되는 한 이들은 하나의 개념쌍에 불과하다. 실제로 우리가 어떤 사람을 군자 혹은 소인이라고 지칭하는 것은 그 상대 개념이 분명 존재한다는 뜻이다. 어느 시대엔들 군자—소인의 개념쌍이 없었겠는가마는, 이들이 절대적 대립 구조를 이루지 않고 모든 사람이 군자로 나아가는 길을 모색하였다는 점에서 시대적 차이를 드러낸다. 소인이 있다 해도, 요순 시대에는 이들을 군자의 길로 나아가도록 고무하고 격려했다는 것이 후세와 다른 점이다. 당시 관료들이란 기본적으로 군자의 길을 체득한 사람이었거나 적어도 그 길에 나아가는 방법을 알고 실천하는 사람이었다. 그런 사람들이 높은 관직에 등용되어 소인들을 이끈다면 제대로 정치가 이루어진다는 뜻일 터이다.

패거리 문화의 폐해를 지적하는 사람들도 정작 자신이 만드는 패거리에 대해서는 관대하다. 자신의 입장을 인정하고 무리 속으로 들어오면 군자지만, 반대하는 무리로 들어가면 당연히 소인배로 취급한다. 예나 지금이나 이런 방식으로 조직되는 패거리 문화는 사회를 경직되게 만드는 원인이다. 그 중심에 바로 개인의 욕망과 이익이 자리한다.

자신의 이익을 떠나 사유할 수 있는 지평으로 나아가는 사람, 그이가 바로 군자다.

호민에 대하여

豪民論

천하에 두려워 할 만한 것은 오직 백성뿐이다. 백성을 두려워해야 하는 것은 수해나 화재, 호랑이나 표범보다 더 크다. 윗자리에 있는 사람들이 바야흐로 그들을 업신여기고 길들여서 모질게 부려먹는 것은 무엇 때문인가.

대저 이루어진 것을 즐기느라고 항상 보는 것에 구속되어 있는 자들은 순순히 법을 받들어 윗사람들에게 부림을 받으니, 이는 항민恒民이다. 항민은 두려워 할만한 자가 못된다. 매섭게 빼앗겨서 살갗이 벗겨지고 뼈골이 부서지며 집안의 것을 다 내놓고 땅의 소출을 바쳐서 끝없는 요구를 제공하느라 근심스레 한탄이나 하면서 윗사람을 원망하는 사람은 원민怨民이다. 원민도 꼭 두려워할 만한 존재는 아니다. 푸줏간 안에 자취를 감추고 몰래 다른 마음을 키우며 천지 사이를 흘겨보다가 요행히 시대의 변고라도 있으면 자기가 원하는 바를 팔고자 하는 이는 호민豪民이다. 대저 호민은 매우 두려워할 만하다. 호민은 나라의 틈새를 엿보고 일의 기미가 기세를 탈 만한 것인가를 엿보다가 논두렁 위에서 팔을 휘두르며 한 번 크게 외치면 저 원민들은 소리를 듣고 모여들며 도모하지 않았어도 함께 소리를 외친다. 저 항민 역시 살기를 구하여 호미, 고무래, 창자루 등을 가지고 가서 그들을 따라 무도한 놈들을 죽이지 않을 수 없을 것이다. 진나라가 망한 것은 진승陳勝, 오광吳廣 때문이었고, 한나라가 어지러워진 것 또한 황건적 때문이었다. 당나라의 쇠미함에 왕선지와 황소가 그 틈을 타서 결국 이 때문에 사람과 나라를 멸망시키고서야 그쳤다. 이는 모두 백성을 모질게 대하여 스스로를 봉양했던 허물인데 호민은 그 틈을 탈 수 있었던 것이다.

대저 하늘이 임금을 세우는 것은 백성을 기르기 위함이지 한 사람으로 하여금 위에서 방자하게 눈을 부릅뜨면서 도저히 채우지 못한 엄청난 욕심을 채우도록 하자는 것은 아니었다. 진나라와 한나라 이래의 재앙은 당연한 결과였지 그들의 불행이 아니었다.

지금 우리 나라는 그렇지 않다. 땅은 좁고 사람은 적은데 백성들은 게으르고 소심하여 기이한 절의와 호협한 기운이 없다. 그러므로 평상시에 크고 뛰어난 인재가 나와서 세상에 쓰이는 일이 없다 할지라도 난을 당하여서도 호협한 백성과 사나운 병졸이 없으니, 난의 우두머리로 나서서 이끌어 나라의 환란이 되는 자가 없으니 이 또한 다행스런 일이다.

그렇지만 오늘날은 왕망王莽의 시대와는 다르다. 고려 시대에는 백성들에게 세금을 부과하는 것에도 일정한 한계가 있었고 산과 못의 이익을 백성들과 공유하였다. 상인을 통하게 하여 공인工人들에게 혜택을 주었으며, 또한 들어오는 것을 헤아려서 소비하여 국가에 비축한 것이 여유로웠다. 그래서 큰 전쟁이나 장례를 치른 경우 세금을 더 부과하지 않았다. 고려 말기에 이르러서도 오히려 삼공三空(흉년이 들어 제사를 못 지내는 것, 서당에 학동들이 오지 않는 것, 뜰에 개가 없는 것)을 걱정해 주었다.

우리 조선은 그렇지 않다. 보잘것없는 백성으로 귀신을

섬기고 윗사람을 받드는 예절을 중국과 똑같이 한다. 백성들이 생산물의 50퍼센트를 세금으로 부과하지만 관청으로 돌아가는 이익은 겨우 10퍼센트다. 그 나머지는 간사한 개인들에게 약탈당해서 어지러이 흩어지고 만다. 또한 창고에는 저축해 둔 것이 없어서 일이 생기면 1년에 두 번 세금을 거두기도 하니, 고을의 수령은 그것을 빙자해서 가혹하게 수탈을 하여 그 끝을 모를 정도다. 그러므로 백성들의 근심과 원망은 고려 말기보다 더 심하다. 윗자리에 있는 사람들은 두려워할 줄을 모르고 우리 나라에는 호민이 없다고 생각할 뿐이다. 불행히도 견훤이나 궁예 같은 자가 출현하여 몽둥이를 휘두른다면 근심하고 원망하던 백성들이 그들을 따라가지 않으리라는 것을 어찌 보장할 것이며, 중국에서 일어났던 황소黃巢의 난 같은 것은 까치발을 하고 기다릴 수 있을 것이다. 백성을 다스리는 자는 두려워할 만한 형세를 환히 알아서 지난날의 잘못을 고친다면 그런대로 다스릴 수 있을 것이다. <卷11>

예나 지금이나 백성을 하늘이라고 말하는 사람은 많다. 모든 권력은 국민으로부터 나온다면서 너스레를 떠는 요즘의 법과도 얼핏 일맥상통하는 바가 없지 않다. 물론 그 근본적 층위는 상당히 다른 지점에 서 있기는 하지만, 백성을 하늘로 여겨서 중시하는 것이야 아무러면 어떤가 싶기도 하다.

그러나 한편으로 보면 백성을 하늘로 보는 것이 권력자들의 공식적 수사로 들리기도 한다. 상대방을 띄워주면서 오히려 이익을 취하는 교묘한 수법이라는 생각도 든다. 어느 시대를 막론하고 정치가들의 술수가 많은 백성들의 삶을 질적으로 향상시켜 주었던 적이 있는가 싶기도 하다.

그렇다고 백성들이 아무 힘도 없이 당하고 있기만 했던 것은 아니다. 자신도 모르는 사이에 이들의 힘은 하나로 결집되고, 거기에 어떤 계기가 주어지면 강렬한 힘으로 현현된다. 그것을 민란이라고 부르든, 폭동이라고 부르든, 소요사태라고 부르든, 소동이라고 부르든 전혀 관계없다. 문제는 이들에게 계기가 주어지면 자신의 힘을 보여준다는

호민에 대하여

사실이다. 그 사건의 계기는 대부분 실패로 돌아가지만, 드물게는 정권을 바꾸고 나아가 국가를 바꾸기까지 한다. 그러니 권력자들은 항상 백성들의 변화와 움직임에 촉수를 드리운다. 조금만 이상 징후가 발견되면 언제나 분석하여 그 힘을 무화시키려 노력한다.

허균은 그러한 백성들의 층위를 셋으로 나누고 있다. 기득권을 누리느라 모든 것을 상식의 수준에 맞추는 사람들은 국가가 요구하는 법을 순순히 따른다. 알고 보면 정말 보잘것없는 기득권이지만, 정작 그것을 즐기는 사람에겐 매우 크게 느껴진다. 권력은 그러한 기득권이 얼마나 큰 것인지를 계속 확대하여 세뇌시킴으로써 그들이 다른 생각을 가지지 못하도록 만든다. 이러한 항민은 그리 두려워할 것이 못된다.

이들보다 한결 강한 존재가 원민이다. 이들은 자신의 처지가 불만스러운 것이라는 점을 분명히 인식하고 있다. 그들의 원망이 비록 국소적인 측면에서 이루어지는 것이라 하더라도, 이들의 힘은 폭발력이 매우 크다. 그렇지만 원민은 불만을 조직적으로 드러내기도 어렵고 또한 저항의 계기를 스스로 만들거나 촉발받기 어려운 계층이므로 권력자들의 입장에서 본다면 그리 두려운 존재가 못된다.

정작 두렵고도 중요한 존재는 호민이다. 호민은 자신들이 일어서서 목소리를 드높여야 할 때인가의 여부를 정확히 알고 그 계기를 만드는 주체이다. 그 숫자는 원민이나 항민보다 적겠지만, 이들은 현실의 불만을 가장 강렬한 형태로 응축하고 있다는 점에서 그 저항도는 대단히 높다. 이들이 일어날 때 원민과 항민도 동시에 일어난다.

모든 정치가 그렇겠지만, 어렵게 살아가는 사람들에 대한 적극적인 배려와 인간 관계의 새로운 형성은 문제 해결의 관건이다. 백성들의 움직임을 주시하는 시각이 혹시 자기 이익에 오로지 연결되어 있지나 않은지 항상 되돌아볼 일이다. 나의 권력이 얼마나 나의 내부에서 텅 빈 상태를 만들어내는가를 생각해야 한다. 비어 있어야만 다른 것들을 받아들일 수 있을 터, 항민과 원민과 호민을 모두 받아들여 함께 살아가는 일만이 새로운 세계에 도달하는 길일 것이다.

제 5 부

기타 其他

잠을 경계하라

睡箴

　세상 사람들은 잠을 좋아하여, 밤이면 반드시 밤새도록 잠을 자고, 낮에도 간혹 잠을 잔다. 잠을 자도 부족하면 모두 병으로 여긴다. 그래서 서로 안부를 묻는 사람들은 먹는 것에 짝을 지어서, 반드시 "잠자리와 음식이 어떠하신지요?" 하고 말한다. 사람들이 잠을 중히 여긴다는 것을 잘 알 수 있다.

　나는 어렸을 때 잠이 적었지만 병으로 여기지 않았다. 근래 들어 잠은 점점 많아졌는데도 점점 쇠약해졌으니 그 이유를 모르겠다. 곰곰이 생각해보면 잠은 바로 병으로 가는 길이다. 사람의 몸은 혼魂과 백魄으로 두 가지 용처를 삼는다. 혼은 양陽이요 백은 음陰이다. 음이 번성하면 사람은 쇠미하여 병이 들고, 양이 번성하면 사람은 건강하여 질병이 없다. 잠이 들면 혼이 빠져나가고 백이 몸 속에서 일을 주관하므로 음이 번성하게 되고 쇠미하여 병이 드는 것에 이르는 것은 당연한 일이다. 잠을 자지 않으면 혼이 그 용처를 얻어 스스로 백을 제어할 수 있게 되며 음은 양을 침범할 수 없게 된다. 잠을 너무 많이 자지 않는 것이 마땅하다. 경전에 이르기를, "번뇌는 독사다. 네 마음 안에서는 잠이 바로 독사와 같은 존재다. 독사가 이미 떠난 뒤라야 바야흐로 편안히 잠을 잘 수 있다."고 하였다. 세상에서 잠을 좋아하는 사람들은 모두 번뇌의 독사에 의해 곤란을 겪는다. 이 어찌 두렵지 않겠는가. 이에 잠箴을 써서 다음과 같이 내 스스로를 경계한다.

"아! 성성옹이여, 눈은 자더라도 마음은 자지 말라. 마음이 자면 음백陰魄이 침노한다. 백이 침노하여 양이 손상되면 몸은 변하여 음이 된다네. 그러면 귀도 서로 찾게 될테니, 아! 두려워라 성옹이여." <卷14>

피곤한 나날을 보내다가 맞은 일요일 오전은 도대체 잠에서 헤어나지 못하는 경우가 흔하다. 자도 자도 끝이 없는 잠의 세계를 인간의 힘으로는 도저히 어쩌지 못할 것도 같다. 오죽하면 선방에서 정진하는 선승들도 잠을 '수마睡魔'라고 표현하면서 극도로 경계했으랴.

아무리 최고의 경계 대상이지만 사실 단잠에 대한 유혹을 견딘다는 것은 정말 어렵다. 봄볕 따스한 오후, 화사한 거실에서 잠깐 병아리 잠을 잔 뒤의 개운함을 어찌 말로 설명할 수 있을까. 더운 여름날 마루에 앉았다가 선잠이 들었는데 깨어나 보니 소나기 한 차례 지나고 천지가 시원한 빛으로 변했을 때의 느낌을 어찌 알겠는가. 언제 어디서 잠을 자든 그의 달콤한 유혹은 내 주변을 기웃거린다.

장자莊子의 호접몽胡蝶夢을 기억한다. 나비가 된 꿈을 꾸었는데, 깨고 보니 혼동되더라는 것이다. 내가 나비의 입장에서 사람이 된 꿈을 꾸는 것인지, 사람의 입장에서 나비가 된 꿈을 꾸는 것인지.

이런 이야기도 있다. 옛날 어떤 왕이 예쁜 여자와 간음하는 꿈을 꾸었다. 다음 날 고승에게 물었다. "제가 간음하는 꿈을 꾸었습니다. 그것도 인과의 벌을 받는 것인가요?" 그러자 고승은 이렇게 말합니다. "간음하는 것도 꿈이지만, 왕께서 현실이라고 생각하는 지금 이 순간도 꿈입니다. 모든 게 꿈인데 무슨 차이가 있겠습니까?" 마음으로 짓는 죄의 무거움을 말하는 것이기도 하지만, 이 역시 꿈과 현실 사이의 차이를 무화시킴으로써 우리의 막힌 마음을 뚫어준다는 점에서 음미할 만한 일화다.

우리의 삶을 한갓 꿈으로 보는 것은 동서고금을 막론하고 항용 들을 수 있는 말이다. 한낮에 등불을 들고 다니면서 어둠에 싸인 대중들의 마음을 밝히려 한 사람도 있었고, 평생 잠을 자지 않으며 장좌불와長坐不臥 수행을 한 스님도 있다. 문제는 육체가 겪는 꿈이 아니라 내 마음이 겪는 꿈이다. 육체의 꿈을 깨는 것이 중요한 게 아니라 마음의 꿈을 깨는 일이 중요하다.

허균이 잠을 경계한 의도도 바로 이것이다. 마음 속에 독사를 키우는 것처럼 잠을 경계한다면 언제나 성성惺惺하게 깨 있는 선비가 될 것이다. 자신을 '성성옹'이라고 스스로 칭한 이유도 바로 여기에 있는 것이 아닐까.

통곡에도 도가 있나니

慟哭軒記

내 조카 친親이 집을 짓고 통곡헌이라는 편액을 달았다. 사람들이 웃으면서 말하였다.

"세상에는 즐거워할 만한 일이 너무도 많은데, 어째서 통곡으로 집의 편액을 달았는가? 하물며 통곡이란 것은 상을 당한 사람이 아니면 사랑하는 사람을 잃은 부인네일 것이다. 사람들은 그 소리 듣는 것을 너무 싫어하는데, 유독 그대는 사람들이 꺼리는 것을 어기면서 거처하는 곳에 걸어두는 것은 무엇 때문인가?"

친이 말했다.

"저는 이 시대가 즐기는 것을 저버리고 시속 사람들이

좋아하는 것을 어기는 자입니다. 이 시절이 기쁜 것을 즐기기 때문에 저는 슬픔을 좋아하고, 시속 사람들이 기뻐하기 때문에 저는 또한 슬퍼하는 것입니다. 부귀와 영달을 좋아하는 것에 이르면 저는 더러운 것처럼 그것을 버립니다. 오직 천하고 가난하고 곤궁하고 검약한 것을 보고 거기에 처하면 반드시 하는 일마다 그것을 어기려고 합니다. 항상 세상이 가장 싫어하는 것을 선택한다고 하면 통곡보다 더한 것이 없기 때문에 저는 제 집에 이것을 가지고 현판을 달았습니다."

내가 그 말을 듣고 비웃는 사람들에게 말했다.

"무릇 통곡에도 또한 도가 있습니다. 대개 사람의 칠정 중에 움직여 감발하기 쉬운 것으로 슬픔만한 것이 없지요. 슬픔이 지극하면 반드시 통곡하게 되는데 슬픔이 이는 것도 또한 많은 단서가 있습니다. 그러므로 시대의 일을 할 수 없어서 상심한 탓에 통곡을 한 사람은 가태부賈誼이고, 흰색 실이 그 본바탕을 잃어버린 것을 슬퍼한 사람은 묵적墨翟입니다. 갈림길이 동서로 나 있는 것을 싫어하여 통곡한 사람은 양주楊朱이며, 막다른 길에서 통곡을 한 사람은 완보병阮籍입니다. 시대와 운명을 만나지 못한 것을 슬퍼하여 스스로 인간 세상 밖에 자신을 놓아두고 통곡에 심정을 의탁한 사람은 당구唐衢입니다. 이분들은 모두 가슴에 품은 것이 있어서 통곡을 한 것이지, 이별을 가슴 아파하고 위축된 마음을 품어 자질구레하게도 아녀자의 통곡을 본받은 것은 아니었지요.

지금 시절을 이런 분들의 시절과 비교해 본다면 더더욱 볼 것이 없습니다. 나라 일은 날로 잘못되어 가고 있고 선비들의 행실은 날로 경박해져 갑니다. 친구들이 서로 등지고 살아가는 것은 갈림길의 나뉘어진 것보다 더 심하며, 어진 선비의 곤액은 막다른 길에 그칠 뿐만이 아닙니다. 모두 인간 세상 밖으로 은거하려는 계책을 가지고 있으니, 만약 여러 군자들로 하여금 우리 시대를 직접 보시게 한다면 어떻게 생각하실지 모르겠습니다. 그런데 장차 통곡할 겨를도 없이 모두들 팽함彭咸이나 굴원屈原처럼 돌과 모래를 끌어안고 싶어할 것입니다. 친이 집의 편액을 통곡이라고 한 것은 역시 이런 뜻에서 나온 것이지요. 여러분들이 통곡이라는 편액을 비웃지 않는 것이 옳을 겁니다."

비웃던 자들이 그렇다고 하면서 물러가자, 이로 인하여 글을 써서 뭇 의심을 풀어주는 바이다. <卷7>

세상과 어긋나기만 하는 내 생애를 보면서 생각한다. 세상이 나와 어긋나는 것인가, 내가 세상과 어긋나는 것인가. 얼핏 같은 이야기처럼 들리겠지만, 일의 옳고 그름을 판단하는 준거가 세상에 있는가 나에게 있는가 하는 문제로 들어가면 그것은 만만찮은 고민거리다. 대부분의 사람들은 자신에게 모든 판단의 준거가 있다고 여기면서 세상이 자신을 알아주지 않는다고 근심한다.

통곡에는 종류가 있다. 다른 사람의 통곡 소리를 듣고 나서 내 가슴까지 후련해지는 경우가 있는가 하면, 가을 하늘처럼 멀쩡하던 내 가슴을 후벼파는 통곡도 있다. 달밤에 듣는 통곡이 다르고 맑은 날 아침 듣는 통곡이 다르듯이, 통곡에도 종류가 있다. 그러나 어떤 상황에서든지 통곡 소리를 듣고 기분 좋을 사람은 없다. 세상 사람의 기호를 거스르는 하나의 상징물이 바로 통곡이다.

그렇지만 통곡에도 도道가 있다. 개인적인 통곡이 있는가 하면 천하를 위한 통곡도 있다. 사랑하는 사람을 이별할 때 하는 통곡은 개인적인 차원의 것이지만, 고통 받는 민중들을 위해 눈물을 흘린다면 천하를 위한 통곡이다. 허균은 천하를 위해 통곡을 하는 것만이 진정한 통곡이며, 이것 때문에 세상의 버림을 받는다면 마땅히 지식인으로서 감당해야 할 몫이라고 생각하고 있다. 언제나 세상과 어긋난다는 인식을 하는 것은, 어찌 보면 비판적 지식인으로서 당연히 견지해야 한다. 어지러운 세상에서 일종의 '서얼의식'을 가진다는 것 역시 이러한 맥락에서 유효하다.

모두가 세상의 흐름을 보고 휩쓸리는 이 시대, 나는 수많은 서얼庶孼들이 그립다.

통곡에 도가 있나니

운명에 맡기는 점과 하늘을 믿는 점

探元窩記

    탐원와는 점을 치는 맹인 이광의의 집이다. 어째서 '탐원'이라고 말하는가? 이태백이 엄군평을 읊은 시구 '근원을 탐색하여 뭇 생명을 교화한다探元化群生'는 것을 취하여 이름을 지은 것이다. 이광의는 사족 출신으로, 먼 조상인 이무李茂는 개국좌명 어간에 공이 있어서 대대로 충의위가 되어 봉록을 받으며 왕궁을 지켰다. 이광의 역시 일찍이 충의위로 계속 6품의 녹을 받았으나 얼마 뒤 눈에 병이 나서 근무를 하지 못하게 되었다. 이를 계기로 운명을 헤아리는 공부를 했는데, 그 술법이 다른 사람보다 매우 기이해서 점을 쳤다 하면 모두 기이하게 들어맞았다. 난리

때 이천으로 피난을 했는데, 그는 문득 적군이 쳐들어 올지 어떨지를 알고 먼저 사람들을 이끌고 가서 많은 사람들이 그의 덕분에 목숨을 보전했으니, 모두들 그를 신이라고 말했다. 계사년 중화부의 북쪽에 우거하면서 집을 짓고 '탐원와'라는 이름을 스스로 붙였다고 한다.

나는 세상과 어긋나서 점을 좋아하지 않는다. 사신 일 때문에 대동강 서쪽으로 오간 적이 무릇 다섯 번이요 이광의를 만난 적이 여러 차례였지만 점 얘기를 한 적이 없었다. 내가 양창서를 따라 중화에 머무를 때였다. 이광의와 침상을 함께 하게 되었는데 우연히 내 운명을 물었다. 그러자 그는 말했다.

"그대의 나이는 마땅히 연장될 것이고 지위는 마땅히 높아질 것입니다. 그렇지만 내년 여름에는 마땅히 해서 지역의 좌막佐幕이 될 것이니, 저는 황강으로 꼭 그대를 방문하러 가겠습니다."

다음 해 과연 나는 좌막이 되어 황강으로 갔다. 며칠 뒤 이광의가 과연 오더니 말했다.

"제 말이 맞았지요?"

나는 신기해하면서 말했다.

운명에 맡기는 점과 하늘을 믿는 점

"아! 세상 사람들이 점을 믿고 좋아하는 것이 모두 이것 때문이구려."

이광의는 또 어떤 해는 길하고 어떤 해는 흉하며, 어떤 해는 감사監司가 되고 병사兵使나 수사水使가 될 것이며, 임금을 가까이서 모시는 대신이 될 것이라고 하면서 분명하게 너무도 자세히 말해 주었다. 내가 말했다.

"내 앞길은 내가 익히 헤아리고 있습니다. 나는 하늘과 운명에 맡기는 사람입니다. 하늘과 운명이 내게 부여한 것이라면 비록 당신이 미리 얘기해 주지 않는다 하더라도 이런 것들을 모두 누릴 수 있을 테지요 그렇지 않다면 비록 위무공과 같이 오래 살고 주공과 같이 부귀를 누린다 해도 저는 믿지 않을 겁니다."

우리 옆에 우뚝하니 앉아있던 조군이 말했다.

"옛날 임금과 재상은 서로 운명을 말하지 않는다는 가르침이 있습니다. 이광의는 그대가 당연히 재상이 된다고 말한 것이니 이건 운명을 말한 것은 아니지요"

내가 말했다.

"아니올시다. 『서경』에 이르기를, "나의 삶은 운명에 있는 것이 아니라 하늘에 달려있다" 고 했습니다. 이 말이 중국의 요·순 임금이나 명재상이었던 기, 고요에게서 나왔다면 진실로 나라를 망하게 할 말일 것입니다만, 만약 완적이나 도잠의 입에서 나왔다면 사람들은 반드시 삶에 통달했다고 말할 것이고 하늘을 즐기고 운명을 안다고 말할 겁니다. 나는 시대에 어긋나서 기나 고요와 같은 명재상의 업적을 감히 바랄 수는 없는 노릇입니다만, 완적의 방달함과 도잠의 활달함은 아마도 저와 그 정조를 같이 할 것인즉 운명에 있는 것이 아니라 하늘에 달려 있다고 말한다 해도 또한 좋을 것입니다."

이렇게 우리는 농담하기도 하고 웃기도 하다가 그만 두었다. 이광의는 이 말을 자기 방에 걸었으면 하고 부탁했으므로 마침내 종이에 써서 그에게 주었다. <卷7>

알 수 없는 운명의 끈이 나를 여기까지 끌고 왔구나, 하는 생각을 할 때가 있다. 마음 속으로부터 내 삶을 승복하지 못할 때면 어김없이 그런 의문이 꼬리에 꼬리를 물고 피어오른다. 내 미래를 알고 싶어하는 욕망도 바로 여기에

운명에 맡기는 점과 하늘을 믿는 점

근거하는 것은 아닐까.

새해만 되면 어김없이 신수점을 보러 다니던 시절이 있었다. 용하다는 점쟁이를 찍어 놨다가 새해를 핑계로 찾아가서 내 미래에 대한 은근한 희망을 걸어보곤 했다. 세월이 아득하면 할수록 점보러 다니는 일은 더욱 잦아졌다. 점을 치기 위해 점쟁이가 엽전이나 쌀알 등속을 상 위에 던질 때면, 혹은 신내림을 위해 주문을 욀 때면 가슴이 설렜다. 그의 말에 일희일비一喜一悲하던 내 모습이 아련하게 떠오른다.

지나놓고 보면 그의 말이 어째서 그렇게도 궁금했으며, 내가 들었던 점괘가 맞는지 틀린지 왜 그토록 확인해보고 싶었는지. 며칠 지나면 벌써 어떤 점괘를 받았으며, 그 풀이는 어땠는지 까맣게 잊어버리면서도, 좋지 않은 말을 들으면 마음 한구석에 뭔가 찜찜한 그림자 드리운 것을 지울 수가 없었다.

그러나 허균의 말처럼, 점쟁이가 뽑아준 점괘처럼 나의 미래가 딱 맞아떨어진다면, 그것은 단순히 정해진 운명일 뿐이다. 점을 쳐보질 않아도 내 삶이 그렇게 흘러갔으리라는 것은 뻔한 이치다. 중요한 것은 내가 하늘로부터 부여

받았던 마음 깊은 곳의 순수한 본체를 잃지 않는 것이다. 그것이 바로 '천天'이다.

숙명처럼 점쟁이의 말을 믿지 말라. 오직 그대 마음이 가리키는 바에 따라 양심껏 행동하라. 그것이 험난한 길이든 평탄한 길이든, 감당하고 이겨내는 것이 바로 나의 몫이다.

운명에 맡기는 점과 하늘을 믿는 점

꿈풀이

夢解

  성성옹(허균의 호)은 어렸을 때에 꿈이 적었지만 꿈을 꾸기만 하면 곧 잘 맞았다. 장성해서는 점점 꿈이 많아졌지만 꿈은 점점 맞지 않게 되었다.

  어떤 사람이 말했다.

  "꿈은 생각에서 생깁니다. 그대가 어렸을 때에는 욕심내는 마음이 적어 담박하여 움직이지 않았기 때문에 생각이 적고 꿈 또한 드물었지요. 드물었기 때문에 곧 징험이 있었습니다. 장성해서는 총애와 욕됨, 얻음과 잃음에 대한 생각이 그 마음을 골몰케 하였기 때문에 생각의 불길이 치열하게 타올라 꿈도 또한 번잡하게 되었습니다. 번잡하게 되었으므로 점점 맞지 않게 된 것입니다."

내가 말했다.

"그럴까요? 그렇지 않습니다. 꿈이 많고 적은 것은, 어떤 경우에는 생각과 관계를 맺지만 징험이 되어 맞는 데에 이르면 생각에 그 발생 원인이 있는 것이 아닙니다. 장차 얻을 것을 꿈꾸는 것으로는 축암築巖[1]과 득령得齡[2] 같은 경우가 있고, 아직 오지 않은 미래의 일을 꿈꾸는 것으로는 수우竪牛[3]와 조사曹社[4] 같은 경우가 있습니다. 질병에 걸리

---

1) 중국 은殷나라 고종高宗이 꿈에 어떤 인물을 보고 너무 생생하여 그의 모습을 그림으로 그리게 했다. 그렇게 해서 부암傅巖 들판에서 길을 고치고 있던 사람을 찾았는데, 이 사람이 바로 명재상 부열傅說이다.

2) 주周나라 문왕文王이 아들 무왕武王에게 무슨 꿈을 꾸었느냐고 물으니, 무왕이 "꿈에 상제上帝께서 제게 구령九齡을 주셨습니다."하고 대답했다. 문왕이 그 꿈의 의미를 묻자 무왕은 서쪽의 아홉 나라를 문왕이 통치하게 될 징조가 아니겠느냐고 했다. 그러자 문왕은 이렇게 말했다 : "아니다. 옛날 나이[年]를 '령(齡)이라고도 한다. 나는 1백세이고 너는 90세이니, 내가 너에게 3세를 더 주겠다." 과연 문왕은 97세에 붕어하였고 무왕은 93세에 붕어했다고 한다.『禮記』「文王世子」

3) 수竪는 벼슬 이름이고 우牛는 이름이다. 손숙표孫叔豹라는 사람이 꿈에 하늘에 눌리는 꿈을 꾸었다. 순간 뒤를 돌아보니 모양새가 이상한 사람이 있기에, "소야, 나를 도와 다오"하고 부탁했다. 그 덕에 누르고 있던 하늘을 이겨냈다고 한다. 후에 손숙표가 부

려면 꿈에 음식을 먹고, 노래를 부를 일이 있으면 곡을 하는 꿈을 꾸며, 까마귀가 머리카락을 물고 날아가는 것 또한 모두 생각에서 연유된 것일까요? 이는 마음이 신령스러우면 일과 딱 맞아떨어지고, 정신이 명랑하면 징험이 나타나는 것으로, 때마침 아득한 가운데 서로 맞아 들어가서 우연히 징험되는 것에 불과한 겁니다. 어찌 모든 꿈마다 사건에 억지로 부합시킬 수 있겠습니까?

그렇다고는 하지만, 상념想念이 맑으면 마음과 정신이 저절로 밝아집니다. 맑고 밝아지면 하늘에 저절로 부합하는 것이지요. 하늘에 부합하면 일기一氣가 맑고 허명하여

인을 얻었는데, 부인이 데리고 온 사람이 바로 꿈에 본 소와 비슷했던 것이다. 그래서 이름을 묻지 않고 바로 "소야"하고 불렀더니 "예"하고 대답하더라는 것이다.

4) 춘추 시대 조曹나라 사람의 꿈에 여러 군자들이 조나라를 패망시킬 계획을 논의하는 것을 보았다. 그런데 조나라의 시조인 조숙曹叔 진탁振鐸이 "공손강公孫彊이 오면 다시 논의하자"고 하자 다른 사람들이 동의하는 것이었다. 꿈을 깨고 난 후 공손강이란 사람을 찾았으나 찾지 못하고 결국 아들에게 유언을 하면서, 자신이 죽은뒤에라도 공손강이라는 사람이 정권을 잡으면 반드시 조나라를 떠나라고 하였다. 과연 후에 조백양曹伯陽이 즉위하여 사냥을 좋아했는데, 조비曹鄙 출신 공손강이라는 사람이 흰기러기를 잡아 바치고 총애를 받게 되었다는 것이다.

현묘한 하늘의 기틀은 흘러 움직이니, 그 길함과 흉함, 복과 재앙의 다가옴이 거울에 형체가 나타나듯 비치지 않는 것이 없을 겁니다. 그러므로 능히 추측하여 알 수 있겠지요. 이것이 꿈점을 치는 까닭입니다.

어떤 사람은 그것을 생각[想]이라고 여기는데, 그것이 아마도 근사한 이야기일 겁니다. 어르신께서 오래 관계官界에 계시면서 먹는 것에 곤란을 당하면 높은 분에게 군수 자리를 애걸하였습니다. 바야흐로 그 자리를 엿보아 그것을 바라면 꿈에서 문득 그것을 얻게 되는데, 얼마 후 어떤 것은 얻기도 하고 어떤 것은 얻지 못하기도 합니다. 이는 생각[念]에 흔들린 것이 깊었던 것입니다. 변고를 겪은 이래로는 이익과 명예를 끊어 버리고 도가적 수련修煉에만 뜻을 두고 도가의 경전과 비결을 많이 읽어 마음을 침잠하여 연구하니, 꿈에서 문득 자양, 해경과 같은 여러 신선을 만나 그 오묘한 진리를 듣고, 심지어는 옥황상제가 계시는 옥경玉京에 이르러 오색 구름 속에서 난새와 학을 타고 퉁소를 불기를 자주하였습니다. 이는 생각[想]에 매인 것이 지극한 것입니다."

그이의 말이 이에 이르자 더욱 믿게 되었다. 그런즉 천하의 꿈은 모두 생각[想]에 지나지 않을 뿐이다. 꿈이 적으면 잘 맞는다고 하는 것은 마음이 맑고 정신이 밝으면서도 혼이 밖으로 내달리지 않고 맑고 밝기 때문에 반드시 인간의 일에 징험이 되는 것이니, 진실로 이런 이치가 있다. 그이는 함께 도를 이야기할 만한 사람이다. <卷12>

뒤숭숭한 꿈을 꾸고 난 아침이면 괜히 심란하다. 무엇 하나 마음에 맞는 것이 없다. 양치하려고 치약을 짜다가 떨구어도 불길하고, 옷을 입다가 단추 하나가 떨어져도 불길하다. 길을 가다가 내 앞에서 신호가 끊기는 바람에 길을 건너지 못해도 불길하고, 웬 사람이 내 앞을 가로질러 가는 것도 불길하다. 세상에, 이토록 많은 불길함 속에서 내가 살고 있었다니, 정말 믿기지 않는다. 곰곰이 생각해보면 내 불길함의 단초는 아마도 간밤의 꿈이었을 터이다. 그 꿈으로부터 나의 일상은 완전히 벗어나지 못한다.

꿈을 잘 꾸는 사람이 있다. 그이는 간밤 꿈 꾼 것을 가지고 그날의 일을 정확히 예견해낸다. 참 신기한 일이다. 꿈의 예지력을 믿는 사람에게 그러한 사례는 꿈의 능력을 강화시켜주는 예증이다. 한두 번 재미로 이야기하고 말 일을 자꾸 이야기하다 보면 나도 모르는 사이에 진실인 것처럼 확증하게 되듯이, 꿈의 예지력도 자꾸 믿다 보면 현실이 되곤 한다. 대부분의 금기가 이런 경로를 통해서 만들어지지 않았는가.

잠을 잘 잔 날도 있다. 일어나는 순간 말쑥한 느낌과 상쾌한 기분이 온몸을 감싼다. 눈에 보이는 경물이 새삼스럽게 아름답다. 치약을 짜다가 떨구어도 콧노래가 끊어지지 않고 단추 하나가 떨어져도 뭔가 해묵은 일이 해결될 듯한 느낌이 든다. 심리학자들은 꿈이 평상시의 생각이 반영된 것으로 취급한다. 전반적으로 보면 허균의 생각과 그리 멀지 않은 듯도 싶다. 그러나 심리학자들과는 달리 허균은 꿈이 없는 깊은 잠의 세계를 말한다. 그 요체는 마음 수양에 있다.

매일 어지러운 꿈을 꾸는 사람에게 인간의 일을 징험하려는 것은 무망한 노릇이다. 뒤숭숭한 꿈자리에 얽매여 맑은 눈을 가지기 어려운 사람들에게 인간의 일을 예견하거나 꿈을 통해 현실의 일을 추측해보려는 것은 아무래도 힘든 일이 아닐 수 없다. 그리고 보니, 꿈이 문제가 아니라 꿈을 꾸는 내 마음자리의 청탁淸濁이 문제였다. 마음 공부는 곳곳에 스며있어 나를 경책한다.

마음이 맑으면 세상 일이 명확하게 비친다. 마음을 거울에 비유하는 관행도 바로 여기에 연유한 것이다. 선승禪僧들 역시 마음을 거울에 비유하여 설법하기를 좋아했다. 비추기는 하되 소유하지 않는 태도에서 수행자의 마음가짐을 가다듬었다. 허균이 이런 맥락에서 꿈과 마음의 관계를 말한 것은 물론 아니다. 그러나 허균 역시 맑은 마음일 때 비로소 세상의 일이 잘 비칠 뿐만 아니라 예지의 힘도 맑아진다고 말한다. 꿈의 예지력을 완전히 부정하자는 것이 아니라 그것의 힘이 맑고 투명해지려면 마음을 깨끗이 닦아야 한다고 말하는 것이다.

잉어가 이어준 사랑의 인연

鼈淵寺古迹記

　　강릉부의 남쪽에 큰 강이 있고, 강 남쪽에는 별연사가 있다. 절의 뒷 언덕은 연화봉인데, 옛노인들이 전하는 바에 의하면 김주원金周元 공의 어머니 연화부인이 이곳에 살았기 때문에 그 봉우리 이름을 그렇게 부른다고 하며, 그 절은 연화부인의 고택이라는 것이다. 절 앞에는 돌로 축조한 연못石池이 있는데 '양어지養魚池'라고 부른다.

　　노인들이 또 말하는 바에 의하면, 강릉이 명주였던 시절에 어떤 서생이 이곳에 와서 유학을 했는데, 어떤 여성과 혼약을 하게 되었다고 한다. 그녀의 부모는 그 사실을 모르고 시집을 보내려 했는데, 여자가 연못 속에 편지를 던

졌더니 거기 살고 있던 한 자짜리 잉어가 그 인연을 잘 맺어주었다고 한다. 지리지地理誌를 기록하는 사람이 그것을 사실로 믿어 고적 부분에 수록해 놓았다. 그 주석에 이르기를, "어떤 사람은 그 서생이 동원東原 함부림咸傅霖이라고도 한다"고 하였지만, 나는 마음 속으로 그것을 의심스러워한다. 봉우리가 이미 부인의 이름으로 명명되었다면 절이 부인의 집이라는 것은 명확한 사실이다. 절이 신라 시대에 창건되었다면, 강릉부의 명칭은 오히려 동원경이었어야지 어찌 명주라고 했으며, 절 안에 어찌 여자를 거느리고 사는 경우가 있었을까? 하물며 함부림 공은 고려 초의 공신으로, 원래는 강릉부에 적을 둔 사람인데, 어찌 고려 초의 명주 시절까지 소급되어 이곳에 유학을 와 있었노라고 이야기되는 것일까? 그 이야기가 거짓이라는 단서는 한둘이 아니고, 와전된 것이 다시 와전되어 왔는데도 널리 장고掌故를 살펴 그 의혹을 타파하지 못한 것이 한스러웠다.

병신년(1596) 봄, 한강寒岡 정구鄭逑 선생이 관찰사로서 평창군을 순행하게 되었다. 당시 평창군은 동원경 시절에는 강릉부에 소속되어 있었으므로 평창군 사람들 중에 지금껏 강릉부의 일을 이야기하는 사람이 있었다. 선생은 옛 기록을 두루 물어서 수리首吏에서 옛 기록을 얻었다. 그것을 가지고 와서 내게 보여 주셨는데, 이것은 바로 부사 이거인李居仁이 기술해 놓은 것으로, 그 속에는 연화부인의 사적이 매우 자세하게 기재되어 있었다. 그 기록은 다음과 같다.

신라 때, 명주는 동원경이었으므로 유후관은 반드시 왕자나 종척, 장상, 대신으로 임명하여 특별한 일이 아니면 소속 군현을 편의대로 상을 주거나 벌을 내리도록 하였다. 왕의 동생 무월랑이라는 사람이 있었는데, 어린 나이에 그 임직을 맡았다. 유후관으로서의 임무는 보좌해주는 사람에게 대신 다스리게 하고 자신은 화랑도를 이끌고 산수 간을 노닐었다. 하루는 혼자 이른바 연화봉이라는 곳에 올랐는데, 모습이 너무 아름다운 어떤 처자가 석지石池에서 빨래를 하고 있었다. 무월랑은 기뻐하면서 그녀를 유혹하였더니, 처자는 이렇게 말했다 : "저는 사족입니다. 예를 갖추지 않고 혼인할 수는 없습니다. 낭郎께서 아직 미혼이시라면 혼약을 행하시고 육례를 갖추어 저를 맞아 주셔도 늦지 않을 것입니다. 저는 이미 낭에게 몸을 허락하였으니, 맹세컨대 다른 사람을 따르지 않겠습니다." 무월랑이 허락하고,

이때부터 문안을 하고 선물을 보내기를 끊이지 않았다.

임기가 다 되어 무월랑은 계림으로 돌아갔으나 반년이 지나도록 소식이 없었다. 처자의 아버지는 북평에 있는 집안의 자식에게 시집을 보내려고 날을 받았다. 연화부인은 감히 부모에게 아뢰질 못하고 마음 속으로 근심만 하다가 자살을 하기로 작정하였다. 하루는 연못에 가서 옛 맹세를 생각하다가 그 속에 기르고 있던 금잉어에게 말을 하였다.

"옛날 잉어 한 쌍이 편지를 전했다는 말이 있단다. 너는 나의 양육을 받은 적이 많으니, 그이가 계신 곳에 내 뜻을 전해줄 수 없겠니?"

그러자 홀연 반 척짜리 금잉어가 연못가로 뛰어 올라 나오더니 입을 뻐끔뻐끔하면서 마치 허락하는 것 같았다. 부인이 이상하게 여겨서 옷소매를 찢어 편지를 썼다.

"저는 감히 혼인의 약속을 어기지 못합니다만 부모님의 명을 장차 어길 수 없게 되었습니다. 낭께서 만약 맹세를 버리지 않으시고 아무 날까지 여기 와 주신다면 오히려 좋겠습니다만, 그렇지 않다면 저는 당연히 스스로 목숨을 끊어 그대를 따르겠습니다."

이 편지를 잉어의 입에 넣어서 남대천에 던져주니, 잉어는 유유히 어디론가 가는 것이었다.

다음 날 새벽, 무월랑이 알천閼川으로 관리를 보내서 물고기를 잡아오도록 하였다. 그는 횟감으로 쓸 물고기를 찾는데, 한 자짜리 금잉어가 갈대숲 사이에 있었다. 관리가 무월랑에게 보이자 잉어가 뛰어올라 재빠르게 움직이며 마치 호소할 것이 있는 듯하였다. 잠시 후 거품을 한 되쯤 토해내는데 그 속에 흰 편지가 있었다. 이상하게 여겨 읽어보니 바로 연화부인의 필적이었다. 무월랑이 즉시 편지와 잉어를 가지고 왕에게 알리니, 왕이 크게 기이하게 여겨서, 잉어는 궁궐 안의 연못에 놓아주고 재빨리 대신 한 사람에게 명하여 채색 비단을 갖추어 무월랑과 함께 동원경으로 말을 달려가게 했다. 즉시 밤낮을 가리지 않고 달려서 겨우 그 기일에 맞추었다.

동원경에 이르자 유후관 이하 모든 관리들과 고을의 노인들이 모두 장막에 모였는데, 즐거운 잔치가 매우 성대하게 열리고 있었다. 문을 지키는 관리가 무월랑이 오는 것을 괴이하게 여겨서 "무월랑이 옵니다" 하면서 크게 소리를 질러 전하였다. 유후관이 나와서 맞이하고 보니 대신들이 따라왔던 것이다. 드디어 모든 사실을 주인에게 알리자,

잉어가 이어준 사랑의인연

북평의 신랑은 이미 도착해 있었지만 대신은 급히 사람들에게 예식을 멈추라고 하였다.

연화부인은 하루 전 병을 핑계로 머리도 빗지 않고 세수도 하지 않았으며, 어머니가 만류해도 말을 듣지 않아 꾸지람과 가르침이 한창 심해지고 있었다. 그 때 무월랑이 왔다는 소식을 듣고 갑자기 일어나서 화장을 하고 옷을 고쳐 입고 밖으로 나와서 양가의 혼인을 잘 치를 수 있었다. 온 부府의 사람들이 모두 놀라서 신이하게 여겼다.

부인은 2남을 낳았는데, 장남은 주원공周元公이고 차남은 바로 경신왕이다. 바야흐로 신라의 왕이 죽으매 후사가 없으니, 나라 사람들이 모두 주원공을 희망하였다. 그런데 바로 그 날 큰 비가 내려서 알천이 갑자기 불어났다. 주원은 알천의 북쪽에 살고 있었는데, 3일이나 알천을 건너올 수 없었다. 재상이 "이것은 천명이다"라고 하면서 드디어 경신왕을 옹립하였다. 마땅히 왕위에 올랐어야만 했던 주원이 왕위에 오르지 못하자 그를 강릉 땅에 봉하여 그 주변 여섯 고을을 주고는 명원군왕으로 삼았다. 부인은 주원에게 가서 봉양을 받았는데 그녀가 살던 집을 절로 만들었으며, 왕은 1년에 한 번씩 와서 문안을 드렸다. 4대에 이르러 나라가 없어지면서 명주가 되었고, 신라는 멸망하였다.

내가 이 기록을 보고서야 비로소 양어지의 고사를 모두 알게 되어 마치 구름을 헤치고 해를 본 듯 하였다. 더욱이 강릉부의 옛 노인들의 간략함과 지리서를 편찬한 사람의 누추함을 알게 되었다. 돌아가신 내 어머님은 바로 주원공周元公의 후예라, 연화부인 또한 나의 선조이시다. 그러니 감히 오래도록 다른 사람의 이름을 덧씌워 나의 근원을 더럽힐 수 있겠는가. 이 때문에 기록을 자세히 갖추어서 강릉부의 장고掌故로 삼는다. <卷7>

여행이 자유롭지 못했던 시절, 떠난 님을 그리워하는 여인들의 눈물은 아마도 강을 이루었으리라. 과장된 표현이기는 하지만, 고려의 시인 정지상의 절창으로 꼽히는 「님을 보내며送人」에서 "대동강 물이야 언제 마르랴, 해마다 푸른 강물에 이별 눈물 보태지는 걸大同江水何時盡, 別淚年年添綠波"라고 읊은 것은 상당히 실정에 근접한 것으로 보인다. 게다가 한시에서 항용 등장하는 표현, "한 번 떠난 왕손은 돌아올 줄 모르나니王孫歸不歸" 하는 구절은 오랫동안 인구人口에 회자膾炙되었지만, 그 식상함에도 불구하고 툭하면 이용되는 것이었다.

이별에 대한 관용적인 표현이 많으면 많을수록 실제로 이별하는 남녀가 그렇게도 많았다는 증거이기도 하다. 요즘 같으면 찾아가 보기라도 하련만, 마음대로 오갈 수 없었던 여인네들이야 그리움을 어디에 하소연할 것인가. 그냥저냥 속만 태우다가 망부석이 되거나 비극적 죽음을 맞이하였다. 그도 저도 아니면 그리운 님 평생 가슴에 묻고 마음에도 없는 결혼을 하고 살아갔다.

사랑을 속삭이다가도 다른 곳으로 떠나가면 남정네는 항용 새로운 계집을 얻어 희희낙락한다. 꽃과 나비로 비유되듯이, 남자들의 자유로움은 언제나 여성들의 불안을 만들어내는 근원이었다. 그러나 상상 속에서는 언제나 사랑을 이루는 법, 그리운 님을 만나는 것이 극적이면 극적일수록 현실적 사랑의 비극성은 커진다. 떠난 지 반년이 되었어도 소식 한 자 없는 님을 향한 연화부인의 애끓는 심정은 급기야 자결하리라는 결심으로 이어지고, 그 소식이 극적으로 전해져서 왕의 명령으로 진행되고 있는 혼사를 중지시키고 원래의 사랑으로 돌아가도록 만들어진 이야기 속에서 우리는 혼자 남아 속태우던 여인의 마음을 읽는다.

이같은 이야기는 원래 강원도 영동 지역에 오랫동안 전해오던 설화였을 것이다. 이것과 같은 내용의 설화가 「명주가溟州歌」의 근원 설화로 전하고 있다. 「명주가」는 제목과 배경 설화만 전할 뿐 가사는 전하지 않는 고구려 노래이다. 명주 지역은 고구려 영토였기 때문에 이같은 노래가 전하여졌을 것이다. 오랜 연원을 가진 명주가의 배경 설화는 연화부인 전설과 만나고, 별연사라는 사찰의 창건 설화와 이어지면서 애틋한 사랑 이야기로 윤색된 것이다.

성옹의 노래

惺翁頌

　성옹이 누구길래, 감히 그 덕을 칭송하는가. 그 덕이 어
떠한가, 지극히 어리석고 아는 게 없지. 무식해서 비루함에
가깝네. 용렬하면서도 비루하니, 어찌 으쓱거리며 공이라
할 것인가. 비루하면 조급하지 않고, 용렬하면 화내지 않
네. 분노를 억제하고 성급한 것 쉬어지면, 모습은 어리석은
듯. 온 세상 사람들 모두 달려가도, 성옹은 달리지 않아, 사
람들은 괴롭게 여기지만, 옹은 홀로 즐거워한다. 마음은 편
안하고 몸은 정묘精妙하니, 용렬함과 비루함 덕에 얻은 것.
정신은 모이고 기운은 완전하니, 어리석어 무식한 때문. 형
벌을 만나도 두려워하질 않고, 좌천되어도 슬퍼하질 않는

다. 비방하건 헐뜯건, 기뻐하고 즐거워 해. 스스로 송頌을 짓지 않으면, 누가 네 송을 지으랴. 성옹은 누구인가, 허균 단보라오. <卷14>

크게 확대한 내 사진을 보았다. 낯선 얼굴 하나가 저쪽에서 나를 향해 웃고 있다. 흘러내린 머리카락 사이로 작은 눈이 살풋 보이고, 검은 안경 속으로 낮은 코와 두툼한 살집이 보인다. 마음에 들지 않는 데가 많다. 눈이 조금만 더 컸더라면, 콧대가 조금만 더 높았더라면, 입술이 조금만 더 얇았더라면, 이마가 조금만 더 넓었더라면, 머리숱이 조금만 더 많았더라면……. 어쩌면 누구나 자기 얼굴에 대해 불만을 한두 가지 가지고 있을 것이다. 그러나 조금만 생각을 돌려보면 그것이 얼마나 허망한 것인지 쉽게 짐작한다. 얼굴 생김이야 내가 보는 것이 아니다. 그것은 전적으로 다른 사람들을 위한 것이다. 아니, 정확히 말하면 얼굴의 모양이 주는 공능功能은 내 몫이지만, 얼굴의 아름다움이 주는 즐거움은 다른 사람들의 몫이다.

‘나’를 생각해 본 적이 있는가. 남들이 평가하는 ‘나’를 주목하지만, 정작 나는 ‘나’를 어떻게 평가해야 하는지는 별로 생각하지 않는다. 내 취미는 무엇이고, 내 성격은 어떤지, 친한 친구들의 성향은 어떻고, 음식은 무엇을 좋아하는지, 이런 잡다한 것들을 거슬러 올라가보면 의외로 문제는 내 마음의 관찰로 귀결된다. 내 마음의 움직임을 자세히 관찰함으로써 ‘나’의 본래 면목을 찾아내려는 ‘나’를 발견한다.

　‘나’라고 지목할 ‘나’가 없으니 어디고 걸림 없는 삶을 만들어낼 수 있다. 언제나 ‘나’를 관찰하고 있으니 이야말로 ‘성성惺惺’한 삶이다. 이 정도라면 당연히 나는 칭송 받아 마땅한 것 아닐까.

원문 제1부

奉上家兄書

秋候漸涼, 伏惟攝養益珍, 毋任係慕之懷, 弟迄以善罷, 深恊所願, 當卽還就輦下, 以抃姜被之懽, 而厚被齒舌所困, 思欲遠遁以消磨之, 決意南行, 回睇北天, 情懷益愴. 到扶寧, 主倅沈君安頓于城內吏家, 日給肉粟, 晨夕來訪, 有求輒應, 心安身便, 唯以書史自娛, 寔慾界之清都. 回視昔日官途中汨沒, 相去奚啻天壤哉?

邊山南麓, 有愚蟠谷, 其中泆衍, 有泉石佳致, 携二李往卜宅基, 松篁叢鬱, 澗壑窈窕, 實隱者之所盤旋也. 地且濱海, 富魚蝦之産, 煮鹽板穀, 凶歲不能殺人. 沈君募工伐木, 已構數間於溪上, 婆娑此間, 可了殘年. 況距京洛纔五日程, 而無大阪峻嶺洪河以間之, 看雲之念若切, 則弟當一馬往赴, 豈不便於事乎?

弟不幸初見斥於瑩仲, 中爲一松相所惡, 時輩之相厚者, 固已云與吾儕同其議論, 及子正佐銓之日, 乃爲士薰所罷, 彼流不知弟之欲去州, 而徒求其迹, 方必鼓掌而喜曰: "某非南人, 而素與我同心思也." 此辱甚於腐刑, 而不幸當之, 殊可憤也. 前月子正書云: "敍命下, 則時議欲以玉堂處之者", 良亦以此. 弟白首落拓, 榮官之念已灰, 詎宜爲人牽頂, 屈從年少後, 苟一官以自矜寵乎? 西笑之望, 得此尤絶, 使迫不盡所懷, 只祈順序自玉, 臨楮哽塞. 不宣. <卷10>

與崔汾陰 丁未九月

僕宦情如秋雲薄, 西風一起, 不禁季鷹之思. 得一州以糊口, 則敵萬戶侯封矣. 公乃靳之耶? 公憐才一念, 可質上蒼, 而未免不知時, 愛令智昏否. 功名未入手, 壯志已衰, 局促轅下駒, 徘徊於棧豆間, 豈不悲哉? 窮達自有分, 而天亦不可料, 丈夫闔棺事畢, 公視吾舌尙在否? 毋欲以韁鎖施於大壑龍, 性固難馴矣. <卷20>

與崔汾陰 丁未二月[1]

加林不入手, 而反以公山麾之, 此亦命也. 何咎公爲? 僕
之仕爲貧, 保妻子免飢寒, 足矣, 他尙何言? 然亦不敢嫚游
廢事, 以負公薦用也. 臺署訖, 當往謝. 以旣寒宵寂廖, 斟雪
水, 以煮新茶, 火滑泉甘, 此味與醍醐上尊無異, 公豈知此
味乎? <卷20>

---

1) 허균의 『성소부부고』에는 이 편지가 '정미년 2월'로 표기되어
   있으나, 여러 가지 정황으로 보아 '12월'을 잘못 쓴 것이다. 문집
   의 순차도 10월에 보낸 편지 다음에 수록되어 있고, 허균이 공주
   목사에 부임한 것도 12월이기 때문이다.

與鄭寒岡 癸卯八月

　　古人言 '借書常送遲遲' 之遲者, 指一二年也. 『史綱』之
借上, 星紀將易, 幸擲還爲望. 鄙生亦絶志仕宦, 大歸江陵,
欲資此以敵閑也. 敢白. <卷20>

與趙持世 庚戌二月

卽見冢宰公, 欲以蒙誨屈汝章, 其宜出耶? 兄試問之. 仕有時乎爲貧也. <卷21>

與權汝章 庚戌五月

兄在江都時, 歲再至洛下, 則輒留連於鄙邸, 盃酒酬唱,
極樂事人間. 及盡室抵京, 則無旬日從容, 反不如江都之日,
抑何故耶? 塘波方漲, 柳陰正濃, 荷花已半吐紅蕚, 綠樹隱
映於翠盖中. 適釀潼醴, 色若乳, 滴滴於小槽, 可亟來嘗此.
已掃風軒待矣. <卷21>

與韓柳川 辛丑八月

　　明公到龍城, 得嘗大食云, 其味比海陽小食, 如何耶? 不
佞送明公, 出郭孤坐鳳笙亭上, 孤烟羃竹, 寒吹動幃, 引領
東睇, 大野蒼然, 杳不覩麾盖之色. 他鄕別故知, 古所共嘆,
不意今親見之, 想同此懷否. 强飯自玉. 不備. <卷17>

復南宮生 辛亥二月

蜂一桶, 置于梧陰, 觀朝夕衙, 法度甚嚴. 國而不及蜂, 令人短氣. <卷21>

與李蓀谷 己酉四月

　　翁以僕近體爲純熟嚴縝, 不涉盛唐, 斥而不御, 獨善古詩
爲顏謝風格, 是翁膠不知變也. 古詩雖古, 是臨榻逼眞而已.
屋下架屋, 何足貴乎? 近體雖不逼眞, 自有我造化. 吾則懼
其似唐似宋, 而欲人曰'許子之詩'也, 毋乃濫乎? <卷21>

與李汝仁 戊申正月

　　吾得大州，適近汝仁所寓，可侍母來此　吾當以半俸餉之，必至不翳桑也. 君與我，地雖殊，而趣則同，才寔十倍，而世之棄有甚於僕. 僕每之每氣塞者也. 吾雖數奇，數爲二千石，猶足以蝸涎自濡，君則不免糊其口. 四方皆吾輩之責也. 對案顏輒汗，食不下咽，亟來亟來. 雖以此得謗，吾不卹也. <卷21>

與李汝仁 戊申七月

簷雨蕭蕭, 爐香細細, 方與二三子袒跣隱囊, 雪藕剖瓜, 以滌煩慮. 此時不可無吾汝仁也. 君家老獅必吼, 今君作猫面郎, 毋爲老璞畏縮狀. 門者持傘, 足以避霖霡, 亟來亟來. 聚散不常, 此會安可數數, 分離後, 雖悔可追. <卷21>

邀景洪 乙巳四月

春期已誤, 幽花爲君盡飛矣. 綠陰如許, 黃鳥正嬌, 動人
春色, 何必滿磵桃花乎? 飜階紅藥, 亦自可見, 委送劣乘, 促
其鞭是企耳. 釀得秫酒方濃, 結網臨溪, 待公爲斫鯉計, 石
筍沙鼈, 亦可供案肴. 僕平生爲口, 故津津以酒食爲請, 毋
笑其饞. 耿幸耿幸. <卷17>

與李懶翁 丁未正月

大絹一簇, 各樣金靑等彩, 竝付家奚, 致之西京, 須繪作
背山臨溪舍, 植以雜花, 脩竹千竿, 中開南軒, 廣其前除, 種
石竹金線, 列怪石古盆. 東偏奧室卷幔, 陳圖書千卷, 銅瓶
揷雀尾, 博山尊彝于梨几. 西偏拓囱, 家小娘糝羹荣, 手灑
潼醴, 注于仙爐. 吾則隱囊於堂中, 臥看書, 而汝與○○[1]在
左右詼笑, 俱巾絲履着, 道服不帶, 一縷香烟, 颺於箔外, 仍
以雙鶴啄石苔, 山童擁箒掃花, 則人生事畢矣. 工訖, 付於
台徵公之回, 切望切望. <卷21>

---

1) 원문에 2자 빠져있음. 빈 칸 없이 필사되어 있는 판본도 있지만,
   내용 상 두어 글자가 빠진 것으로 보임.

與桂娘 己酉正月

娘望月揳瑟而謳山鷓鴣, 胡不於閑處密地, 乃於尹碑前,
被鑿齒所覘, 汚詩於三尺去思石, 此娘之過也. 嘗歸於僕,
寃哉! 近亦參禪否? 相思耿切. <卷21>

與柳侍御書

　　昨辱軒騎, 以兄方在醉鄕, 故不得畢其說焉. 形諸簡牘,
似涉太煩, 而言發其端, 豈可終嘿? 兄其試聽之.

　　癸卯歲罷官, 游楓岳, 路抵鐵原, 宿于豊田北二里民家.
有一老婦, 邀入其店. 房屋甚潔, 鋪設亦楚楚. 怪而詢之, 婦
言世居鄕校洞布前廊後, 其夫劉世英, 出入於僕外家, 詳知
先世事. 且能呼婢僕之名, 問何以居此, 婦蹙額曰: "壬辰歲,
從夫侍姑, 避兵於此. 賊乘夜猝至, 夫蒼黃負姑而出, 伏於
林藪, 逢賊斃於一刃, 有兒子啼於草間, 驅而去. 及曉, 血肉
狼戾, 手掘坎以瘞之, 因依土民. 明年賊退, 鳩人改定, 遂賣
酒而生. 洛下無宗黨, 遂寓此而以春秋祀二墳, 將以終吾身
矣."

　　僕問: "兒終不返否?"

婦曰: "癸巳從王子出來, 今在一宮, 尙不來省我矣."

僕感其事, 作「老客婦怨」一篇, 篇首有'東州城東寒日曛, 寶盖山高帶夕雲'之語, 看者誤以爲指斥宋公, 傳播於人也. 宋公之日夜切齒於僕, 必欲甘心者, 寔以此也. 因同時避兵人, 聞宋公遭變之事, 曲折甚詳, 是不過逢賊顚沛, 失其父之所在. 及回來, 則賊已害之, 終無可奈何. 彼若見此詩, 則必知傳者之妄矣.

但此詩之達於彼, 誠無其路, 吾亦不知計所出也. 宋公若無棄婦之事, 雖有百篇刺譏之詩, 何傷於身乎? 若有一毫未盡, 則雖家置一喙, 市列千金, 以自明而自雪, 若登天然, 不可得矣. 僕之詩, 奚足爲輕重乎? 君子但當自修而已. 衆口如川, 一力不可防. 若以議己者, 輒欲中傷之, 則不已勞乎? 願兄詳知此情, 善辭而解紛, 不勝幸甚. 不具. <卷10>

與柳侍御書

원문 제2부

陋室銘

房閣十笏[1], 南開二戶, 午日來烘, 旣明且煦. 家雖立壁,
書則四部, 餘一犢鼻, 唯文君伍. 酌茶半甌, 燒香一炷, 俛仰
栖遲, 乾坤今古. 人謂陋室, 陋不可處, 我則視之, 淸都玉府.
心安身便, 孰謂之陋? 吾所陋者, 身名竝朽. 盧也編蓬, 潛亦
還堵. 君子居之, 何陋之有? <卷14>

---

1) 1홀笏의 길이는 2척尺 4촌寸임.

亡妻淑夫人金氏行狀

夫人姓金氏, 上洛大姓也. 前朝大相方慶之玄孫惕若齋九容, 有盛名於麗季, 官至三司左使. 其四代孫胤宗, 武擧官節度, 而其子震紀, 庚子司馬, 筮仕別提, 寔生諱大涉, 亦司馬癸酉, 而筮仕都事. 娶觀察使靑松沈公銓之女, 夫人卽其第二女也. 生隆慶辛未, 年十五歸吾家. 性謹愿樸而無餘, 勤於織紝組紃無少怠, 言約不出口, 事母大夫人甚恭, 晨夕必親省, 食必嘗進. 遇節, 則饋時食甚豊. 對婢僕嚴而怒[1], 罔嘗以惡語, 母夫人稱之曰: "我賢婦也." 余方少年好狎遊, 無幾微見於顔面. 若或少縱, 則輒曰: "君子處己當嚴. 古人有不入酒肆茶房者, 況甚於此乎?" 余聞而心愧, 少或戢焉.

---

1) 원문에는 怒지만 恕라야 할 듯.

常勸余勤學曰: "丈夫生世, 取科第, 躋朊仕, 可以爲親榮, 而私於己者亦多. 君家貧, 姑且老, 勿恃才而悠泛度日. 光陰迅速, 後悔曷追乎?"

及壬辰避賊之日, 方娠困頓至端川. 七月初七日, 生子, 越二日, 賊猝至, 巡邊使李瑛退守摩天嶺. 余侍母挈君, 達夜踰嶺, 至臨溟驛, 氣乏不能語. 時同姓人許珩, 邀與俱避海島, 不得留. 强至山城院民朴論億家, 初十日夕, 命絶. 以牛買棺, 裂衣以斂, 肌肉尙溫不忍埋. 俄聞賊攻城津倉, 都事公亟命權厝後岡, 享年二十二, 而同住凡八年.

嗚呼痛哉! 其子以無乳夭, 初生一女, 長適進士李士星, 生子女各一. 己酉, 余陞堂上拜刑曹參議, 以例追封淑夫人. 噫! 以君之淑行, 年不克中壽, 且絶其嗣, 天道亦難諶矣. 方其窮時, 對君挑短檠, 熒熒夜艾, 展書讀之, 稍倦, 則君必戲曰: "毋怠慢. 遲我夫人帖也." 豈知十八年之後, 只以一張空誥, 薦之於靈座, 而享其榮者, 非吾結髮之述, 君若有知, 亦必嗟悼. 嗚呼哀夫! 乙未秋, 返自吉州, 又瘞於江陵外舍, 庚子三月, 從先夫人永窆於原州西面蘆藪, 其原則在先壟之左, 寅坐而申向也. 謹狀. <卷15>

亡妻淑夫人金氏行狀

琴君彦恭墓誌銘

乙酉歲, 仲兄自謫還, 讀書于白雲山, 聞有琴生者往從之.
余以婚娶不克同焉. 數日, 有致書者, 拆見則端楷精札, 辭
甚簡切明慨, 乃君手滋, 諷之如讀古人文, 其意盖願見而不
獲遂. 且要共往兄許, 余亟訪於寓邸, 結縭帶交.

明年春, 携金君熿之白雲, 則君與沈君詻已先焉. 四人晨
夕同遊處, 相切蹉規正, 情比骨肉 庶幾共保歲寒. 君不幸
病, 戊子八月二十五日卒, 天乎痛哉!

公生於嶺南, 高麗學士儀之裔也. 爲人英發豪邁, 容若玉
立, 望之如神仙中人, 其考奉化公奇愛之. 五歲, 從學於墓
廬, 見壁上易卦象, 輒誦不紊序. 時構齋庫, 役夫多而悉記
其名. 耽於書, 雖省母, 必趁限回. 九歲, 從其先君齊陵, 看
舊都山水, 其換集慶, 往探東京舊迹亦如前. 幼年已有奇志

如此.

癸未, 其考官于洛, 君侍來, 學蘇詩于宋眉老. 十五, 始從仲兄學古文詩, 其詞日就, 讀輒得其法, 所論隋洒落出意表, 仲兄愛而服之, 致書其考曰：“令子遠來, 聆其談屑, 把其光霭, 清明英粹, 出於輩流萬萬, 誠笥之師, 而不可爲其師也.”

所著『周流天下記』『風窓浪話』『日洞錄』『專意讀書文』等文, 一時談秋者, 皆左袒傳誦之, 京師紙價頓高. 仲兄大加奬詡, 以爲古人文, 不可品題之也. 君恬泊無慾, 行已有方, 雖喜文事, 知儒者業不在立言, 每以誠明窮格爲志, 六經四子及濂洛關閩書, 靡不研究, 常以聖賢自期. 博覽古今, 於治亂與興亡之原, 賢邪之分, 其論得失可否, 明白痛快, 聽者忘倦, 兼該國家掌故, 如親履者然. 其文學之高深, 志意之遠大, 又如此.

丙戌秋, 得虛勞疾, 日益悴, 猶手簡篇不怠, 父兄憂其加傷抑之, 不從曰：“朝聞道, 夕死可. 吾所嗜不覺爲勞, 奚傷耶？”遂流覽溫公通鑑及綱目諸醫方曰：“天若假我以數年, 讀盡未見書, 吾願畢矣.”疾已革, 精思猶不亂, 禁無用祈禳曰：“死乃命也. 禱之何益？吾是長殤, 可勿立主也. 況體魄歸于地, 魂氣無不之, 吾葬於此亦可, 安用返故塋, 鄉路險遠, 恐益貽親憂.”<卷17>

病中自誌曰: "鳳城人琴恪, 字彥恭. 七歲而學, 十八而沒. 志遠年夭, 命矣也夫!" 臨歿, 自祭以文曰: "父兮母兮, 莫我哭兮. 嗚呼痛哉!" 以某年九月, 歸窆禮安地白雲洞南向之原, 所著詩文二卷, 名曰『釣臺集』. 庚戌春, 其兄儀部郎愷氏以狀來諗曰: "亡弟之行, 兄所詳也. 欲識其冥路, 盍爲紀之?" 余泣而曰: "當白雲之日, 吾三人仰君, 猶蓬艾之於高松, 使其在世, 必主文盟, 爲國之瓌寶. 吾安敢以文自鳴於世乎? 不幸而先亡, 詔後之責, 寔屬無似也. 敢以不逮爲解, 厚沒君之誼耶." 遂扠血而爲之銘曰: "公之軼古, 公學造微. 赤幟藝林, 非公而誰? 奄記玉樓, 吾黨之悲. 遂令拙鄙, 血指于時. 摸公之行, 焉用荒辭? 記我情也, 公倘有知."

屠門大嚼引

余家雖寒素, 而先大夫存時, 四方異味禮饋者多, 故幼日備食珍羞. 及長, 贅豪家, 又窮陸海之味. 亂日避兵于北方, 歸江陵外業殊方, 奇錯因得歷嘗, 而釋褐後南北官轍, 盍以餬其口. 故我國所産, 無不嚌其炙而嚼其英焉. 食色性也, 而食尤軀命之關. 先賢以飲食爲賤者, 指其饕而徇利也. 何嘗廢食而不談乎? 不然, 則八珍之品, 何以記諸禮經, 而孟軻有魚熊之分耶? 余嘗見何氏食經及郇公食單. 二公皆窮天下之味, 極其豊侈, 故品類甚夥, 以萬爲計. 締看之, 則只是互作美名, 爲眩耀之具已. 我國雖僻, 環以巨浸, 阻以崇山. 故物産亦富饒, 若用何韋二氏例, 換號而區別之, 殆亦可萬數也.

余罪徙海濱, 糠秕不給, 飣案者唯腐鰻腥鱗馬齒莧野芹,

而日兼食, 終夕枵腹, 每念昔日所食山珍海錯, 飫而斥不御
者, 口津津流饞涎, 雖欲更嘗, 邈若天上王母桃, 身非方朔,
安得偸摘也? 遂列類而錄之, 時看之, 以當一臠焉. 旣訖, 命
之曰:『屠門大嚼』. 以戒夫世之達者窮侈於口, 暴殄不節, 而榮
貴之不可常也, 如是已. <卷26>

灘隱畫竹贊題洛迦禪寺上人克融卷

　青青翠竹, 盡是眞如. 此語吾聞之黃面老子, 謂是竹幻墨
耶, 謂是墨幻竹耶? 幻花已滅, 何用幻爲? 天空海闊, 月出
雲收, 其影翛翛, 其聲颼颼. 殿中霅竹, 師可往玩. 彼與可惠
崇之妙技. 入心不能抄忽, 師乎此卷, 可付茶毗. <卷14>

石洲小稿序

　吾友權汝章, 弱冠工爲詩, 其高可出於古人, 而世未之貴
重焉. 余每稱今之最能詩者, 必曰'汝章, 汝章.' 聞者始而怪,
中而笑, 終而信之, 亦不知其所至深淺也.

　一日, 洪鹿門問曰:"汝章詩, 在國朝, 可方何人?"余曰:
"金文簡不得當也."鹿門瞠而駭曰 :"毋妄言."余窃笑之曰:
"佔畢, 特國朝大家, 人所稱說, 故姑以方之. 若論汝章之獨
造玄解, 則淸右丞若也, 旨柳州若也, 婉而有味簡齋若也.
奚佔畢竝論哉? 汝章名位不能動人, 而世以目見賤之, 使其
生於前古, 則人之仰之, 奚啻佔畢乎?"

　或以汝章少學力乏元氣, 當輸佔畢一著, 是尤不知詩道
者. 詩有別趣, 非關理也; 詩有別材, 非關書也. 唯其於弄天
機脫玄造之際, 神逸響亮, 格越思淵爲最上乘. 彼蘊蓄雖富,

譬猶談教漸門, 其敢望臨濟以上位耶? 李實之[1]平生, 亢倨少
許可, 至於汝章, 則推以爲不可及, 然渠豈亦盡汝章之所至
也? 汝章懶散不衷所著, 沈生拾其傳誦者數百篇, 弁曰『石
洲小稿』以示余, 讀而嘻曰: "余言不誣哉. 卽此可覿汝章之
全壓倒古人而冠冕一代, 非汝章而誰歟? 世之未貴重者,
於汝章, 奚病焉? 矧後世, 豈無知揚子雲者乎?" 遂加以批評,
時出以諷, 風颼颼生牙頰間, 不自知神之遐擧於九霄, 噫其
至哉!

　汝章, 卽安東權鞸, 石洲, 其自號也. 其人品之高, 尤出於
詩, 而世人之不相貴重, 愈甚於詩, 嗚呼惜哉! <卷4>

----

1) 허균의 벗 이춘영李春英. 우계牛溪 성혼成渾의 문인으로 시문에
뛰어났다.

蓀谷山人傳

蓀谷山人李達, 字益之, 雙梅堂李詹之後. 其母賤, 不能用於世. 居于原州蓀谷, 以自號也. 達少時, 於書無所不讀, 綴文甚富, 爲漢吏學官, 有不合, 棄去之. 從崔孤竹慶昌白玉峯光勳, 相得惟甚, 結詩社. 達方法蘇長公, 得其髓. 一操筆輒寫數百篇, 皆穠贍可咏.

一日, 思菴相謂達曰: "詩道當以爲唐爲正. 子瞻雖豪放, 已落第二義也." 遂抽架上太白樂府歌吟王孟近體以示之, 達瞿然知正法之在是, 遂盡捐故學, 歸舊所隱蓀谷之庄, 取文選太白及盛唐十二家劉隨州韋左史曁伯謙唐音, 伏而誦之, 夜以繼晷, 膝不離坐席, 凡五年, 怳然若有悟. 試發之詩, 則語甚淸切, 一洗舊日態, 卽倣諸家體而作長短篇及律絶句, 鍛字鍊聲揣律摩, 有不當於度, 則月竄而歲改之. 凡著十餘篇,乃出而詠之諸公間, 諸公嗟異之. 崔白皆以爲不可及, 而霽峯荷谷一代名爲詩者, 皆推以爲盛唐.

其詩淸新雅麗, 高者出入王孟高岑, 而下不失劉錢之韻. 自羅麗以下, 爲唐詩者皆莫及焉. 寔思菴鼓舞之力, 而其陳涉之啓漢高乎. 達以是名動東國, 貴之而捨其爲人, 稱訊不替者, 詞林三四鉅公也, 而俗人之憎嫉者, 比肩林立, 屢加以汚衊, 實之刑網, 卒莫能殺而奪其名也.

達貌不雅, 性且蕩不檢, 又習俗禮, 以此忤於時, 而善談今古及山水佳致, 喜酒能晋人書, 其中空洞無封畛, 不事産業, 人或以此憂之. 平生無着身地, 流離乞食於四方, 人多賤之, 窮厄以老, 信乎坐其詩也. 然其身困而不朽者存, 豈肯以一時富貴易此名也? 所著殆失盡, 不佞稡爲四卷以傳云.

外史氏曰:"宋太史之蕃, 嘗觀達詩, 讀至漫浪舞歌, 擊節嗟賞曰:'斯作去太白亦何遠乎?'權石洲韠, 見其斑竹怨曰:'置之靑蓮集中, 具眼者不易辨也.'此二人者, 豈妄言者耶? 達之詩, 信奇矣哉! <卷8>

湖墅藏書閣記

江陵, 嶺海之東一大都會也. 新羅時爲北濱京, 又號東京. 自周元受封以來, 賁飾侈觀, 雄麗杰特, 與上京相埒. 又俗尙文敎, 衿裾鉛槧之士, 出鶩於詞場者, 比踵林立. 風尙敦厚, 敬老相儉, 民樸愿無機巧, 且饒魚稻之産, 不獨山川之勝甲於東方而已. 故吏玆土者, 率戀戀於是, 其去也有泣者. 故有員泣峴存焉, 盖可徵也.

柳侯寅吉莅此府, 淸嚴仁恕, 民戴以爲慈母, 嘗以振起文敎爲己任, 訓奬課勸不少懈, 士子多奮起者. 瓜滿回也, 以明蔘三十二兩付不佞曰: "此眞羨也, 不欲累歸槖子. 其充藥籠之用." 不佞曰: "不敢私也. 願與邑學子共之." 笥痍歸都下. 因朝价之行, 購得六經四子性理左國史記文選李杜韓歐文集四六通鑑等書於燕市而來, 以騾馱送于府校. 校儒辭以

不與議. 不佞就湖上別墅, 空一閣藏之, 邑諸生若要借讀,
就讀訖還藏之, 如公擇山房故事, 庶以成柳侯興學養才之意,
俾衿裾鉛槧之士, 比踵林立, 如古昔盛時, 則不佞與有其功,
不亦幸歟! 不佞阨於世議, 官況索然, 行將投紱東歸, 爲蠹
魚萬卷中, 以了殘生, 此書之藏, 亦爲老僕娛老地, 其可喜
也已. 諸生其函襲芸曝, 不至失墜污毀, 則望氣者必言瑟羅
故墟, 有虹光燭天而貫月, 當有異書在其下矣. 謹記. <卷6>

愁歇院神詠仙贊記

余在公山, 倩工繪列仙像, 作贊以繼之, 其中李白贊落句曰: "萬里滄波, 一天明月." 初不覺其警異也, 會以進香上洛, 促工粧繢, 藏篋中不以示人. 抵輦下旬餘, 回至稷山愁歇院, 方伯中軍閔君仁佶恩津教授沈生友英, 適與之相值. 特方炎, 就旗亭下, 袒跣科頭, 汲泉澡手足, 從隷三人執事於左右. 其東偏一室, 矮而短垣, 闃無人. 俄聞室中有詠余李白贊落句. 其韻逸, 其情旨, 淫泆淹詳, 泠然可聽. 沈生先曰: "得聞詠詩音耶?" 閔君曰: "吾亦聞之." 余異之曰: "此乃吾贊太白語. 結撰未久, 未嘗以衒於朋侶, 人何從而知之?" 呼門子鄭生亟蹤之, 則局鐍甚固, 覘其中空無人矣. 余三人怪之, 親頻短垣闖之, 則果空屋也. 只有塵榻數破瓮靠壁, 問主人何在則曰: "室空已三旬矣." 噫! 其仙歟? 鬼耶? 若以爲鬼, 則不當於白晝吟嘷矣, 若以爲仙, 則湫雜隘陋之地, 固非羽人所臨也. 吾不得而知之. 沈生曰: "公之詞與太白傳其神, 乃古人所不道及者. 毋乃謫仙之靈, 喜而來詠, 示其卷卷之意否? 是未可知也. 而亦不可謂無是理也." 余曰: "太白, 上仙也. 方游戲於清都帝居, 豈置欣戚於世人之贊毀, 屈迹塵闐中, 自現靈於俗耳耶? 是必不然." 沈生曰: "天人一揆, 自有感通之理, 公之一語, 上格仙眞, 霎然之頃, 安知其乘風肅然, 頡頑擺弄於公之側耶? 況公所著贊百篇, 而神獨咏此, 吾以爲太白無疑也." 余笑曰: "然." 因爲記之牘, 以俟知者云. <卷6>

重修靜思菴記

　　扶安縣海上有邊山, 山之南有谷, 曰'愚磻'. 縣人府使金
公淸擇其勝處築菴, 名曰'靜思', 以爲暮年娛息之所. 余嘗
以使事往來湖南矣, 飽聞其勝而未之覯焉. 余素不樂榮利,
每有向平之志, 願向未果. 今年罷公州, 決意南歸, 將卜居
于所謂愚磻者, 金供之子進士登者曰: "吾先君之弊廬, 在孤
不克守. 願公重理而居之." 余聞而樂之, 遂與高君達夫及二
李聯轡往看之. 並浦滋有微逕, 拖行入洞. 有溪鳴如玦環,
潺潺而瀉于莽中, 沿溪不數里, 則山開而曠陸矣. 左右峭峯,
如鳳騫鸞翔不可數, 東麓松檜萬株叅天. 余與三君直詣所卜
之地, 東西爲三阜, 而中最盤互, 有竹數百竿, 蔚然蒼翠, 尙
辨人家廢址. 南眺大海泱瀁, 金水島當其中, 西偏林藪蓁鬱,
有西林寺, 僧數人在焉. 步由溪東以躋, 經古社樹, 至所謂

靜思菴者. 菴僅四間, 構於崖石上. 前俯澄潭, 三峰岌然對峙, 飛瀑瀉於靑壁, 沉沉若白虹來飲于澗. 余四人散髮解衣, 踞於潭石上, 秋花纏髮, 楓葉半丹, 夕陽在岫, 天影倒水, 俯仰嘯咏, 翛然有塵外趣, 若與安期羨門游戱於三島也. 余竊自幸乞身於康健之日, 以償宿計, 又得栖遁之所, 以佚吾身, 天之報汝[1]亦豊矣. 何物軒裳, 敢爾調人? 主倅沈君德顯, 以菴廢無護者, 募僧三人, 貤米鹽若干斛, 伐材以葺之, 免官役, 責其居守. 菴由是而復舊云. <卷6>

1) 汝는 余의 잘못이 아닐까?

陶山朴氏山庄記

　國東門四十里有陶山, 山底皆沃土, 平城朴元宗相國之玄
孫夢弼居之. 歲己酉, 余乞暇省墓于東, 宿于朴氏, 主人館
待甚厚. 主人曰: "吾先祖自平陽以下, 皆葬于此. 七八代治
其桑梓, 環十里外, 皆祖業. 在昇平日, 烟火數百家, 悉臧獲
也. 自經兵火, 流亡略盡, 而田不墾者十之九. 吾爲奉祭, 僅
葺十數椽, 鳩集餘奚三四居于此, 凡一周星矣." 因拉余陟其
家後岡, 則舊日之池臺, 漫而圮, 荊杞叢生, 頹垣破礎, 尙存
於荒烟野蔓之間矣. 指曰: "某基, 祭宇也, 內寢也, 某所, 燕
居之室也, 某地, 射圃也, 庋栗之庾也, 某址, 宴賓之榭也,
閱樂之軒也, 某墟, 擊毬戲馬之場也, 某處, 郞僚吏候問之
廳也." 余俛仰寓目, 悉得其豪華故迹也. 嗟夫! 人事難常,
盛衰代謝, 此自古所同然, 而雖聖智不得免者, 當平城公之

盛時, 手扶日轂, 以躋黃道, 俾東土數千里跂行喙息, 得出塗炭之中, 其豊功偉烈, 固在於宗社生民, 而富貴榮耀所以酬其勞者, 亦極其欲. 其臺館棟宇之佚其身, 歌鍾綺羅花竹之娛其耳目, 與夫賓友門生故吏之塡隘乎門屛, 四方列嶽之以禮饋送者, 比諸漢霍光張安世, 無軒輊焉. 方其擁趙女聽吳孃, 酌羽觴而看舞曲旃之時, 豈知百年之後, 田廬荒廢, 臺閣焚夷, 孑然裔孫, 衰替爲編戶, 不能保一畝宮也. 富貴之不可恒, 而榮耀之不可恃也如此. 今之君子, 奈何不以爲戒, 愛權位而戀寵利, 身無平城之功, 而欲享平城之樂, 自以爲可保久長者, 不亦愚哉? 主人請以斯語, 文之不朽, 漫錄而歸之云. <卷6>

陶山朴氏山庄記

四友齋記

齋以四友名者, 何耶? 許子所友者三, 而許子居其一, 倂
而爲四也. 三人者誰? 非今士也, 古之人也. 許子性踈誕, 不
與世合, 時之人群詈而衆斥之, 門無來者, 出無與適, 喟然
曰: "朋友者, 五倫之一, 而吾獨缺焉. 豈非可羞之甚?" 退而
思曰: "擧世而鄙我不交, 吾焉往而求友哉? 無已則於古人
中, 擇其可交者友之. 吾所最愛者, 晋處士陶元亮氏, 閒靜
夷曠, 不以世務嬰心, 安貧樂天, 乘化歸盡, 而淸風峻節, 邈
不可攀, 吾甚慕而不能逮焉. 其次則唐翰林李太白氏, 超邁
豪逸, 俯阨八極, 蟻視寵貴者, 而自放於川岳之間, 吾所羨
而欲企及者. 又其次, 宋學士蘇子瞻氏, 虛心曠懷, 不與人
畦畛, 無賢愚貴賤, 皆與之驩然, 有柳惠和光之風, 吾欲效
而未之能也. 三君子文章, 振耀千古, 以余觀之, 則皆其餘

事. 故吾所取者在此, 而不在彼也. 若友此三君子者, 則奚必與俗子聯袂疊肩, 詡詡然耳語, 自以爲友道也哉?

余命李楨繪三君子像, 惟肖作贊倩石峯楷書, 每所止, 必懸諸座右, 三君子儼然相對軒衡解權. 若與之笑語, 怳若聆其謦欬, 殊不知索居之爲苦. 然後余之倫始備五, 而尤不樂與人交也. 噫! 余固不文, 不能三君子之餘事, 而性又坦率妄庸, 不敢望其爲人, 唯其敬慕欲友之誠, 可感神明, 故其出處去就, 默與之相合. 陶令在彭澤八十日而解官, 不佞三爲二千石, 不滿限輒斥去. 謫仙之潯陽夜郎, 坡公之臺獄黃岡, 皆賢者之不幸, 而余以罪械累受榜掠徙于南, 殆造物者戲同其困阨, 而賦與之才性, 猝不可移歟.

徼天之福, 倘許歸田, 則關東, 余舊業也. 其景物風烟, 可與紫桑采石相埒, 而民愿土沃, 又不下於常熟陽羡, 當奉三君子, 返初服於鑑湖之上, 豈不爲人間一樂事乎? 彼三君子者有知, 則亦將以爲嬔快矣. 余所寓舍, 適僻而無人來訪, 桐樹布蔭于庭, 叢竹野梅, 列植舍後, 樂其幽靜, 張三像於北牖, 焚香以揖之, 乃扁曰'四友齋'. 因記其由如右云. 時辛亥春仲社日書. <卷6>

題李澄畵帖後

　李澄, 鶴林之庶子. 其父與叔俱解畵, 故澄世其學, 而遂
自名家. 山水士女之外, 凡翎毛竹樹草蟲花卉, 皆得其法,
人以爲難也. 自懶翁沒, 渠卽爲本國第一手也. 余令澄畵各
樣于小帖, 終之洗兒二女, 人曰'不及楨', 而細看, 則豐肌媚
笑, 逞其妖嬌態, 咄咄逼眞, 亦妙品也. 不欲久展, 久則恐敗
蒲團上工夫也. <卷13>

원문 제3부

文說

　　客問於許子曰：“當世之稱能古文者，必以子爲巨擘．吾見之，其文，雖若浩汗無涯涘，而率用常語，文從字順，讀之，則如開口見咽，毋論解不解者，輒無礙滯，業古文者，果若是乎？”

　　余曰：“此其爲古也．子見虞夏之典謨，商之訓，周之三誓武成洪範，皆文之至者，亦見有鉤章棘(?)句，以險辭爭工者否？子曰：‘辭，達而已矣．’古者文以通上下之情，以載其道而傳，故明白正大，諄切丁寧，使聞者曉然知其指意．此文之用也．當三代六經聖人之書與夫黃老諸子百家語，皆爲論其道，故其文易曉，而文自古雅，降及後世，文與道爲二，而始有鉤章棘(?)句，以險辭巧語，爭其工者，此文之厄也，非文之至．吾雖駑，不願爲也．故辭達爲主，以平平爲文焉耳．”

客曰: "不然. 子見左氏莊子遷固及近代昌黎柳州歐陽子蘇長公乎? 其文何嘗用常語乎? 況子之文不銓古, 而滔滔莽莽焉是事, 毋乃流於猷否?"

余曰: "之數公之文, 亦何異於常耶? 以余觀之, 雖若簡若渾若深若奔放若倔奇, 率當世之常語, 而變爲雅眞, 可謂點鐵成金也. 後之視今文, 安知不如今之視數公文耶? 況滔滔莽莽, 正欲爲大, 而不銓古者, 亦欲其獨立, 奚猷爲? 子詳見之數公乎? 左氏自爲左氏, 莊子自爲莊子, 遷固自爲遷固, 愈宗元脩軾亦自爲愈宗元脩軾, 不相蹈襲, 各成一家. 僕之所願, 願學此焉. 恥向人屋下架屋, 蹈竊鉤之誚也."

客曰: "子之文旣平易流便. 其所謂法古者, 當於何求之?"

余曰: "當於篇法章法字法求之. 篇有一意直下者, 或鉤連筦鑰者, 或節節生情者, 或鋪敍而用冷語結者, 或委曲繁瑣而有法者. 章有井井不紊者, 有錯落而不雜者, 有若斷而承前繳後者, 有極冗有極短者, 有說不了者. 字有響處, 斡處, 伏處, 收拾處, 疊而不亂處, 强而不努處, 引而不費力處, 開闔處, 呼喚處. 字不亮則句不雅, 章不安則意不讀. 二者備而乃可以成篇. 余之文, 只悟此也. 古之文, 亦行此也. 今之所謂解者, 亦未必覰此. 況不解者否?"

客曰: "吾不及是否!" <卷12>

詩辨

今之詩者, 高則漢魏六朝, 次則開天大曆, 最下者, 乃稱蘇陳, 咸自謂可奪其位也, 斯妄也已. 是不過掇拾其語意, 蹈襲剽盜, 以自衒者, 烏足語詩道也哉? 三百篇自謂三百篇, 漢自漢, 魏晉六朝自魏晉六朝, 唐自爲唐, 蘇與陳亦自爲蘇與陳, 豈相倣傚而出一律耶? 盖各自成一家而後, 方可謂至矣. 間或有擬作, 亦試爲之, 以備一體, 非恒然也. 其於人脚跟下爲生活者, 非豪杰也.

然則詩何如而可造極耶? 曰'先趣立意', 次掐[1]命語, 句活字圓, 音亮節緊, 而取材以緯之, 不犯正位, 不着色相, 叩之

---

1) 다른 판본에는 '格'으로 되어 있다. 여기서도 '格'을 그렇게 필사한 것으로 보인다.

鏗如, 卽之絢如, 抑之而淵深, 高之而騰踔, 闊而雅健, 闢而旁縱, 放之而淋漓, 鼓舞用鐵如金, 化腐爲鮮, 平澹不流於淺俗, 奇古不隣於怪癖, 詠象不泥於物類, 鋪敍不病於聲律, 綺麗不傷理, 論議不粘皮, 比興深者通物理, 用事工者如己出, 格見於篇成, 渾然不可鐫, 氣出於外言[2], 浩然不可屈, 盡是而出之, 則可謂之詩也. 彼漢魏以下諸公, 皆悟此而力守者也. 不然, 則雖漢趨魏步, 六朝脈, 而唐言動御蘇陳以馳, 足自形其穢而已. 吁其非矣! <卷12>

---

2) 다른 판본에는 '言外'로 되어 있다.

歐蘇文略跋

歐陽子蘇長公之文, 宋爲大家. 歐之風神道麗情思感慨婉切者, 前無古人. 長公之弄出機抑[1], 變化無窮, 人不測其妙者, 亦千年以來絶調, 而近世宗先秦西京者, 乃薄不爲之, 此甚無謂也. 文章各有其味, 人有嘗內廚禁臠豹胎熊踏, 自以爲盡天下之味, 遂廢黍稷膾炙而不之食, 如此則不餓死者幾希矣. 此奚異宗先秦盛漢而薄歐蘇之人耶? 元美晚年喜讀長公文, 茅鹿門坤平生推永叔爲過昌黎, 此二子非欺人者也. 唯其專門悉讀, 則恐涉於飽滿腐粗, 故余取永叔文六十八篇, 子瞻文七十二篇, 采其簡切者, 命之曰『文略』, 凡八卷, 時讀之以取法焉. <卷13>

---

1) 원문에는 抑으로 되어 있으나 문맥으로 봐서는 杼이어야 함.

'讀' 중에서 몇 편

余在扶寧無事, 適得諸子全書慣讀之, 因疏所得, 題于各
子之後, 非敢自是鄙見也, 聊以形吾穢耳.

1. 老子

老子分章[1], 未知出自何人. 其意本不斷, 而有强斷處. 殊
爲紕繆, 但當全讀之, 乃可通也. 世謂老子可入六經, 至其
論大道處, 玄妙淵微, 有不可測度者. 易中庸所不道, 而乃
拈出言之, 此老子自難而去之, 不欲與六經齒, 噫! 其神歟.
後世其徒轉神其學, 流而爲脩煉服食符籙齋醮等法, 怪誕不

---

1) 원문에는 '童'으로 되어 있으나, 문맥상 '章'이어야 함.

徑, 而惑世誣人多矣. 訾是輩者, 竝訾老子, 玆豈淸靜本意
乎? 其文則經, 而其義則傳. 至於論道, 則直破天籟, 吾不得
而模捉之, 其猶龍乎?

2. 莊子

余少時讀莊子書, 不知其義, 但尋文摘章, 爲掞藻法. 中
歲更讀, 則俶儻怳忽, 若不可測度. 固已喜其寓言, 而一死
生齊得喪爲可貴也. 今則看之, 其恬淡寂寞, 淸靜無爲, 默
與佛子相合, 特以其謬悠荒唐之辭, 不與爲莊語. 故淺讀之,
莫可見端涯也. 其中顏子坐忘一節, 儒家力詆之, 禮曰: "坐
如齋立如尸, 而顏子終日如愚", 此與坐忘奚殊? 玆亦謾衍其
辭, 非妄也已. 其曰: "詆周孔者, 亦非也. 老聃其師而假秦
失之弔以詆之, 此路播弄淑詭之故態, 非眞詆也. 於天下篇,
首言儒家, 其尊周孔可知矣.

3. 商子

商鞅初說秦以王以霸, 而孝公不省. 以富國强兵, 則席爲
前而聽之不倦. 鞅之學, 本非王伯也. 特優於富强也. 初以

王覇者, 乃餙其言, 而終發其所優, 以中秦矣. 其書文甚勁悍, 亦先秦筆, 而疑多附會者, 其開塞篇所言賞施於告姦者, 是平生受用地, 而率以此殺身, 天道之好還宜矣.

後世君子動輒稱王道, 鄙夷管商, 而考其功效, 則反不逮焉. 噫! 安得商子而用之, 富國强兵以禦暴耶.

4. 韓非子

先秦諸子之文, 除老莊外, 或尨雜, 或晦澁, 或決裂, 獨韓非之文, 典麗明核, 若於連類比事, 且切於事情, 以文事論之, 則誠大家也. 其說難八奸篇, 尤好. 試看其開闔其抑揚其馳頓折旋處, 默啓後世爲文者筦鎖繳結之端, 古文初質, 至是而有機謀矣. 其論術, 則槩出商申, 嚴刻過之矣.

5. 揚子

荀卿自大其學, 自私其智, 而欲勝於諸子. 揚雄自賤其學, 自卑其智, 而欲合於聖人. 故二氏俱斥於知者, 其爲不知道也均矣. 雄著『法言』準『論語』, 著『太玄』準『易』, 以爲己之學不及聖人, 己之智不逮諸子, 不可別立言爲經也. 故

著二書以合於聖, 其志陋矣. 其爲艱深之詞者, 所以文淺易
之說, 而愈艱愈夷, 愈淵愈淺, 愈達愈礙, 不得掩其拙.

使雄不爲是, 只以賦鳴世, 則人不議出處矣. 乃反竭心悉
力, 求合於儒術, 而終不免莽大夫之斥, 有以也夫! 然雄之
過在陋, 而卿之失在不自量, 寧陋而不闇也已.

6. 文仲子

王通書出於六朝之下, 故其文委靡古, 其續詩元經中論準
詩春秋論語而作, 所論皆出於王道. 古人有此以六籍之奴隷.
奴隷誠賤矣, 苟得爲聖人奴隷, 則亦得以窺聖人門墻也. 其
與離經叛道而陷於不自量者, 相去懸矣.

<卷13>

원문 제4부

學論

古之爲學者, 非欲獨善其身也. 盖將窮理而應天下之變, 明道而開後來之學, 使天下後世, 曉然知吾學之可尊, 而道脉賴我以不墜, 是儒者之先務, 其志爲不亦公乎? 近世之所謂學者, 非爲吾學之可尊也, 亦非欲獨善其身也. 不過掇拾口耳, 外飾言動, 而自稱曰'吾明道也, 吾窮理也', 以眩一時視聽, 而究其終, 則躐取顯名而已. 其於尊性傳道之實, 瞠乎若罔窺者, 其志則私矣. 然則, 公私之分, 而真僞之判矣, 奈何數十年來, 談者必曰'某學者, 某眞儒', 妄相推詡之不暇, 其亦惑矣.

盖嘗見所謂眞儒者用於世, 則唐虞之治, 禹湯文武之功, 著於事者如是. 不用, 則孔孟之訓, 濂洛關閩之說, 載於書者又如是. 雖經千萬世, 而人無異議者, 是無他, 其志公也. 今之僞者, 則空言游談, 動以伊傅周孔事業自期, 及其用也,

則手足失措, 僨而不能自收, 當世笑之, 後世議之. 稍黠者
預料若是, 恐敗其名, 故輒不出而藏其拙也. 是亦無他, 其
志之私也. 嗟乎! 僞者亂眞, 一至此極, 遂使人君厭其道學,
以爲無可用, 是僞私者之罪也, 豈眞儒之使然也?

吾東所謂道學之儒, 或罹禍, 或不終其施, 未知當世在上
者, 果能用其道而行之, 則功烈比能於古人而致斯世於唐虞
歟! 自國論之貳也. 私議太熾, 或以彼而毀此, 或尊甲而斥
乙, 紛紜決裂, 未定其是非, 是莫非皆私其聞見而然也. 尙
何尤哉? 頃者祠所謂五賢矣, 議者曰: "五人外不可祀也",
是大可笑也. 賢者豈有定額而必以五耶? 若然, 則後雖有孔
顔之學, 亦不得祀耶? 孔顔之生, 不可卜也.

且如冶隱之忠, 而親傳禹鄭之統, 花潭之超詣自得, 栗谷
之朗源, 夫豈鮮腆無可取, 而略不擧議? 或有訾謷者之, 玆
亦私爲之害也. 如使寒暄一蠹不幸生於百年之後, 則安保其
不訾謷也? 又使栗谷幸而生於百年之前, 則亦安保其不尊尙
也? 此由於志之不公而貴耳之恒情也. 人君苟明公私之辨, 則
眞僞不難知矣. 旣辨公私眞僞, 則必有窮理明道者, 出而行
其學, 餙其外者不敢售其計, 皆醇然去僞矣. 國之大是非,
亦從而定矣. 然則, 其機安在? 在乎人君一身也, 而亦不過
曰 '正其心' 而已. <卷11>

遺才論

爲國家者，所與共理天職，非才莫可也．天之生才，原爲
一代之用，而其生之也．不以貴望而豐其賦，不以側陋而嗇
其稟，故古先哲辟知其然也．或求之於草野之中，或拔之於
行伍，或擢之於降虜敗亡之將，或擧賊，或用莞庫士，用之
者，咸適其宜，而見用者亦各展其才，國以蒙福，而治之日
隆，用此道也．以天下之大，猶慮其才之或遺，兢兢然側席
而思，據饋而歎，奈何山林草澤，懷寶不售者比比，而英俊
沈於下僚，卒不得試其抱負者，亦多有之，信乎才之難悉得，
而用之亦難盡也．

我國地偏，人才罕出，盖自昔而患之矣．入我朝，用人之
途尤狹，非世胄華望，不得通顯仕，而岩穴草茆之士，則雖
有奇才，抑鬱而不之用，非科目進身，不得踊高位，而雖德

業茂著者, 終不躋卿相. 天之賦才爾均也, 而以世胄科目限
之, 宜乎常病其乏才. 古今之遠且久, 天下之廣, 未聞有擘
出而棄其賢, 毋改適而不用其才者, 我國則不然, 毋賤與改
適者之子孫, 俱不齒仕路, 以區區之國, 介於兩虜之間, 猶
恐才之不爲我用, 或不卜其濟事, 乃及自塞其路而自歎曰:
"無才, 無才." 何異適越北轅, 而不可使聞於隣國矣, 匹夫匹
婦含寃, 而天爲之感傷, 矧怨夫曠女半其國, 而欲致和氣者,
亦難矣. 古之賢才, 多出於側微, 使當世用我之法, 是范文
正無相業, 而陳瓘潘良貴不得爲直臣, 司馬穰苴衛靑之將,
王符之文, 卒不見用於世否. 天之生也而人棄之, 是逆天也.
逆天而能祈天永命者, 未之有也. 爲國者其奉天而行之, 則
景命亦可以迓續也. <卷11>

小人論 <卷11>

　　方今國家, 無小人焉, 亦無君子焉. 無小人, 則國之幸也,
若無君子, 則何能國乎? 否否不然. 無君子, 故亦無小人. 向
使國有君子, 則小人不敢掩其迹也. 夫君子小人, 如陰陽晝
夜, 有陰則必有陽, 有晝則必有夜, 有君子則必有小人. 在
唐虞亦然, 矧後世乎? 盖君子則正, 小人則邪, 君子則是, 小
人則非, 君子則公, 小人則私. 在上者以邪正是非公私之辨
而察之, 則彼小人者, 烏敢遁其情哉? 方今之所謂君子小人,
無大相遠者, 而同則皆爲君子, 異則皆爲小人, 彼異則斥以
爲邪, 此同則推以爲正, 是者是其所是, 非者非其所非, 此
皆由公不能勝私而然也. 誠使大人君子學行才識, 爲一時表
率者, 出而在上位, 以風勵具僚, 使薦紳大夫, 皆知其守正
奉公, 明是非之分, 一時淫朋, 將革面之不暇, 安敢四分五

裂, 恣其跳梁如近日乎? 然則, 淫朋之害有甚於小人之專朝
也較矣.

國之惡小人者, 惡其病國而害民也. 今則害于國而病于民
者, 不待權奸之秉政, 而若此之極, 是皆私意大行, 權不出
於一, 而紀綱已壞, 不可復振之故也.

蓋所謂權奸者, 亦有之矣. 安老嘗弄之, 元衡嘗擅之, 近
日永慶亦欲專之, 其自利而斥異己, 則同一揆也. 至於國之
經紀, 則自若焉. 是無他, 權出於一, 故專擅之者絀, 則旋復
其舊也. 今則不然, 權之出者多門, 而自利而斥異己者, 人
人皆是, 欲絀之, 則不可勝絀, 而國綱終無以收拾矣. 嗚呼!
安得小人者, 俾專國柄, 及其來張而擊去之耶? 亦安得大人
君子者, 出而風之, 以散其淫朋耶? 故曰: "方今國家無小人,
亦無君子也."

抑有說焉. 古之所謂小人者, 其學足以濟其辨, 其行足以
欺夫俗, 其才足以應乎變, 故其在位也, 人不測其中, 而足
以行其所欲爲. 其與君子異者, 特公私一毫髮之差, 其禍猶
慘. 況無才行學識, 而唯好官是饕, 逐逐於津要爲狗. 苟態
者, 盈朝滿庭, 則其禍終如何耶? 故曰: "淫朋之害, 有甚於
小人之專朝也較矣."

豪民論

天下之所可畏者, 唯民而已. 民之可畏 有甚於水火虎豹, 在上者, 方且狎馴而虐使之, 抑獨何哉?

夫可與樂成而拘於所常見者, 循循然奉法役於上者, 恒民也. 恒民, 不足畏也. 厲取之而剝膚椎髓, 竭其廬入地出, 以拱無窮之求, 愁嘆咄嗟, 咎其上者, 怨民也. 怨民, 不必畏也. 潛蹤屠販之中, 陰蓄異心, 僻倪天地間, 幸時之有故, 欲售其願者, 豪民也. 夫豪民者, 大可畏也. 豪民, 伺國之釁, 覘事機之可乘, 奮臂一呼於壟畝之上, 則彼怨民者, 聞聲而集, 不謀而同唱. 彼恒民者, 亦求其所以生, 不得不鋤耰棘矜往從之, 以誅無道也. 秦之亡也, 以勝廣, 而漢氏之亂, 亦因黃巾. 唐之衰而王仙芝黃巢乘之, 卒以此亡人國而後已. 是皆厲民自養之咎, 而豪民得以乘其隙也.

夫天之立司牧, 爲養民也, 非欲使一人恣睢於上, 以逞溪
壑之慾矣. 彼秦漢以下之禍, 宜矣, 非不幸也. 今我國不然.
地陝阨而人小, 民且呰窳齷齪, 無奇節俠氣, 故平居, 雖無
鉅人雋才出爲世用, 而臨亂, 亦無有豪民悍卒, 唱亂首爲國
患者, 其亦幸也. 雖然, 今之時與王氏時不同也. 前朝賦於民
有限, 而山澤之利, 與民共之. 通商而惠工, 又能量入爲出,
使國有餘儲. 卒有大兵大表, 不加其賦. 及其季也, 猶患其三
空焉. 我則不然. 以區區之民, 其事神奉上之節, 與中國等,
而民之出賦五分, 則利歸公家者, 纔一分, 其餘狼戾於姦私
焉. 且府無餘儲, 有事, 則一年或再賦 而守宰之憑以箕斂,
亦罔有紀極. 故民之愁怨, 有甚王氏之季. 上之人恬不知畏,
以我國無豪民也. 不幸而如甄萱弓裔者出, 奮其白挺, 則愁
怨之民, 安保其不往從而蘄梁六合之變, 可翹足須也. 爲民
牧者, 灼知可畏之形, 與更其弦轍, 則猶可及已. <卷12>

원문 제5부

睡箴

世人嗜睡, 夜必終夜睡, 晝或睡, 睡而不足, 則咸以爲病. 故相問訊者, 至以配於食, 必曰'眠食如何', 加見人之重睡也.

余少日少睡, 亦不病, 年來漸多睡漸衰, 不自知其故. 熟思之, 則睡乃病之道也. 人身以魂魄爲二用. 魂陽也, 魄陰也. 陰盛則人衰且病, 陽盛則人康無疾. 睡則魂出, 魄用事于中, 故陰以之盛而致衰疾, 固也. 不睡則魂得其用, 自能制魄, 使不得侵陽也. 睡宜不過多也. 經云: "煩惱毒蛇, 睡在汝心, 毒蛇已去, 方可安眠." 世之嗜睡者, 皆爲惱蛇所困也. 豈不可懼歟? 仍箴以自警曰:

"吁惺性翁, 宜睡眠勿睡心. 睡眼則可以照心, 睡心則陰魄來侵. 魄侵陽剝體化爲陰. 其與鬼相尋, 吁可畏惺翁." <卷14>

慟哭軒記

余猶子親者構其室, 扁曰慟哭軒. 人皆咲之曰: "世間可樂之事甚多矣, 何以哭爲室扁耶? 況哭者, 非喪之子則失思婦也. 人甚惡聞其聲, 子獨犯人忌而揭其居, 何哉?" 親曰: "余背時嗜而違俗好者. 時嗜懽, 故吾好悲, 俗則欣欣, 故吾且戚戚. 至於富貴榮耀世所喜者, 則吾棄之若洸, 唯視賤貧窮約而處之, 必欲事事而違之, 常擇世之所最惡者, 則無踰於哭, 故吾以額吾之軒也."

余聞而譙諸唉者曰: "夫哭亦有道矣. 盖人之七情, 易動而感發者, 無哀若也. 哀至則必哭, 而哀之來者亦多端, 故傷時事之不可爲而慟哭者, 賈大傅也. 悲素絲之失其質而哭者, 墨翟也. 厭岐路之東西而哭者, 楊朱也. 途窮而哭者, 阮步兵也. 悲時命之不遇, 自放於人外而寓情於哭者, 唐衢也.

之數子者, 皆有懷而哭, 非傷離抱屈而屑屑效兒女子之哭者
也. 今之時, 比數子之時, 又加末矣. 國事日非; 士行日偷,
交朋之背馳, 有甚於路岐之分, 而賢士之厄困者, 不啻於途
窮, 皆有遁去人外之計, 若使數君者子目擊斯時, 則未知當
作何如懷, 而將慟哭之不暇, 皆欲抱石懷沙, 如彭咸屈大夫
也. 親室之扁以哭, 亦出乎茲. 諸君毋哂其哭可也."

　唉者喩而退. 因爲之記, 以釋群疑. <卷7>

探元窩記

探元窩者, 盲而談星命者李光義之室也. 奚謂之探元也?
取李白詠君平詩有'探元化群生'之句而名之也. 義, 士族
人, 其遠祖茂, 有功於開國佐命之間, 故世世爲忠義衛, 受
祿而直王宮焉. 義亦嘗以忠義, 再受六品祿, 而已病眼不
果直, 因學推命, 其術甚異於人, 發皆奇中, 亂日避兵伊川,
輒知賊來否, 先引去, 多人賴以全, 皆謂之神. 癸巳, 寓于中
和府之北, 築室自號如是云.

余畸於世, 不喜卜, 故往來湨西凡五遭, 值義者數數, 亦
不談命. 其從楊滄嶼而宿中和也, 義同榻寢, 偶問余命, 因
曰: "君算當延, 位當崇也. 然明年夏, 當佐海西幕矣. 吾當
就訪於黃岡也." 及明年, 果佐幕到黃岡. 數日, 義果來曰:
"吾言徵也耶?" 余奇之曰: "噫! 世人之信卜喜卜, 皆坐于此

也." 義又言某年吉, 某年凶, 某某年爲大藩爲帥臣爲近密卿
貳, 歷歷甚悉. 余曰: "吾之前途, 吾忖之熟矣. 吾任天任命
者也. 天與命賦於吾, 則雖非汝預言之, 吾可享此也. 不然,
則雖曰壽如衛武公, 貴且富如周公, 吾不之信也." 旁有兀者
趙君曰: "古有君相不言命之訓, 義言君當相, 則宜其不言命
也." 余曰: "否否. 書曰: '我生不有命在天', 使此語出於堯
舜蘷皋, 則誠可謂喪邦之言也. 若出於阮籍陶潛之口, 則人
必謂之達生也, 謂之樂天知命也. 余散誕於時, 不敢企蘷皋
之業, 而阮籍之放, 陶潛之曠, 庶幾與我同調, 則雖曰不有
命在天也, 亦可乎哉!" 因謔唉而止. 光義乞以斯語文其室,
逐載之牘而歸之. <卷7>

夢解

惺惺翁少時少夢, 夢輒應. 迨至長, 漸多夢, 夢漸不應.

或言: "夢生於想, 子少日慾念微心, 澹然不動, 故想少而夢亦稀, 稀故輒驗焉. 及旣長, 寵辱得失之念汨其心, 故想火熾炎而夢亦煩, 煩故漸不應焉."

余曰: "其然乎? 不然. 夢之多少, 或係於想, 至於驗應, 則不在於想. 將得而夢者, 有若築岩與得齡, 未來而夢者, 有若竪牛與曺社, 而將疾夢食, 將歌夢哭, 烏啄髮則飛者, 亦皆果由於想耶? 是不過心靈則事契, 神朗則符現, 適相合於眇冥之中, 偶然爲徵者也. 詎可夢夢事事强求其合也?

雖然, 想與念澄, 則心與神自朗, 澄朗, 則自合於天. 合於天, 則一氣淸虛, 玄機流動, 其吉凶休咎之來, 若形之現於鏡, 無不照了. 故能推測而知之, 此夢占之所以作也. 或者以爲想也, 殆近之矣. 翁久在官途, 困於食, 伺貴人乞郡, 方其覬窬而覬之也. 夢輒得之, 而已或得或不得, 是其動於念深矣. 自經變故來, 斷除利名, 一志於修煉, 多讀道家經訣, 以潛心研究, 則夢輒見紫陽海瓊諸眞, 聆其妙諦, 甚至神飛玉京, 駕鸞鶴聽簫於五雲中者數數然, 是其役於想者至矣."

　或者之言, 到此尤信焉. 然則, 舉天下之夢, 不出於想而已矣. 至於夢少則輒應云者, 心澄神朗而魂不馳於外, 澄且明, 故必徵於人事, 固有是理, 或者可與語道矣. <卷12>

鼈淵寺古迹記

　　江陵府之南有大川, 川之南有鼈淵寺, 寺之後岡爲蓮花峯, 故老傳周元公之母蓮花夫人居于此, 故以名峯, 而寺卽其故宅也. 寺之前有石池, 名曰養魚. 故老又言, 溟州時有書生, 游學于此, 與室女有約, 其父母不知, 而將嫁之, 女以書投池中, 尺鯉致于生, 得諧其緣, 志與地者信之, 載諸古迹. 箋曰: “或云, 咸東原傅霖也.” 余竊疑之. 峯旣以夫人名名之, 則寺之爲夫人家明矣. 寺構於新羅, 則府尙爲東原京, 安得曰溟州, 而寺之中, 安有人率室女而居者乎? 況咸公國初功臣, 原係府籍人, 亦安能及見麗初溟州時, 而稱之曰游學到此耶? 其誣罔之端不一, 而訛以傳訛, 恨不得博攷掌故, 以破其惑也.

　　歲丙申春, 寒岡鄭先生, 以方伯巡到平昌郡, 郡在東原京時屬于府，故郡人至今有言府之事者．先生詢問故牒，得古記於其首吏，來示余，乃知府事李居仁所述，文甚多，其中載蓮花夫人事甚詳，曰：

新羅時，溟州爲東原京，故留後官必以王子若宗戚將相大臣爲之，而凡事便宜行黜陟所其隸郡縣，有王弟无月郎者．幼年來領其任，留務聽佐貳者代理，而率花郎徒游戲於山水間．一日獨登於所謂蓮花峯，有處子貌甚殊，浣衣於石池．郎悅而挑之．處子曰："妾，士族也．不可以奔．郎若未婚，可行婚約而六禮迎之，未晚矣．妾已許身於郎，誓不他從也．"郎許之．自是問遺不絶．

瓜滿，郎歸鷄林，半載无耗．其父將嫁諸北坪家人子，已卜日矣．夫人不敢白父母，而心竊憂，以死自定．一日臨池想舊誓，語池中所養金鯉，曰："古有雙鯉傳書之言．儞受吾養多矣，不可致吾意郎所否？"忽有半尺金鯉，跳出池側，口呀呷似有諾者．夫人異之，裂衫袖，書曰："妾不敢背約，而父母之命，將不得違．郎若不棄盟好，趁某日至則猶可及已，不然則妾當自盡，以從郎也．"納之魚口中，持以投大川，鯉悠然而逝．其翌曉，无月郎送吏於閼川捉魚，官索膾魚，有金尺鯉在葦間，官以似郎，鯉挑擲振迅，若有訴者．俄吐沫涎升許，中有素書，異而讀之，乃夫人手迹．郎卽携書及鯉，

告于王. 王大異之, 放鯉于宮池, 亟命一員大臣, 具彩帛, 偕
郞馳往東京, 卽倍日竝行, 僅及其期.

至則留後以下諸官, 州父老, 皆會帝幕, 盤筵甚盛. 守門
吏怪郞來, 傳呌曰: "无月郞至矣." 留後官出迓, 則大臣從
焉. 遂告以具主人, 北坪郞已至. 大臣[1]急人止之. 夫人先一
日稱疾不梳洗, 母抑之不聽, 譴誨方至. 聞郞之來, 倏起理
粧改服以出, 克諧秦晉之好, 一府人皆驚以爲神也. 夫人生
二男, 長卽周元公, 季卽敬信王也. 方羅王之殂無嗣, 國人
皆屬望周元, 其日大雨水, 閼川卒漲. 周元在川北, 不得渡
三日. 國相曰: "天也." 遂立敬信, 以周元之當立不立, 封于
江陵, 環六邑以奉之, 爲溟原郡王, 夫人就養於周元, 以其
家爲招提, 王一年一來省焉. 四代國除爲溟州, 而新羅已焉.

余覩此, 始悉養魚池故事, 若披雲見日, 益知府故老之簡,
而撰輿地者之陋也. 余先妣乃周元之裔, 則夫人亦余之祖先
也. 其敢久加以他人名, 而溷辱吾所自出乎? 因備記以爲府
之掌故云. <卷7>

---

1) 원문에는 '大昌'으로 되어 있지만 문맥으로 보아서 '大臣'이라
야 한다. 따라서 여기서는 '大臣'으로 번역하였다.

惺翁頌

惺翁何人, 敢頌其德. 其德伊何, 至愚無識. 無識近陋, 至
愚近庸. 庸而且陋, 奚詫爲功? 陋則不躁, 庸則不忿, 忿懲躁
息, 容若蠢蠢. 舉世之趍, 翁則不奔. 人以爲苦, 翁獨欣欣.
心安身精, 庸陋之取. 精聚氣完, 愚無識故, 遭刑不怖, 遭貶
不悲. 任毁任詈, 愉愉怡怡. 非自爲頌, 孰能頌汝? 惺翁爲
誰? 許筠端甫. <卷14>